Monatelang hat der Schweizer André die Bergtour bis ins letzte Detail geplant. Er will seiner Freundin Louise aus Berlin die Schönheit der Berge zeigen. Doch nun hüllt Nebel das Dorf ein, und feiner Regen verlangsamt den Aufbruch. Louise scheint lustlos, André fühlt sich aufgehalten. Schließlich gehen sie los, laufen gegen die unerfüllten Erwartungen und den aufkeimenden Missmut an. Mit Mühe erreichen sie das erste Etappenziel. Am nächsten Tag kehrt mit dem schönen Wetter die Abenteuerlust zurück. Aber der weitere Aufstieg ist anstrengend, und Louises Abwehr gewinnt in der Steinöde die Oberhand. Vor der letzten Herausforderung verlässt sie ihren Freund. Verletzt und stolz klettert André allein weiter. In der steinigen Einsamkeit kommt er an seine Grenzen, schöpft Kraft nur aus Willensstärke, Kindheitserinnerungen und Traumbildern. Doch den Gipfel zu bezwingen, alles hinter sich zu lassen, wird ihm zur *idée fixe*.

Roman Graf, geboren 1978 in Winterthur, arbeitete nach seiner Ausbildung zum Forstwart in verschiedenen Berufen und studierte am Leipziger Literaturinstitut. Für seinen ersten Roman »Herr Blanc« erhielt er zahlreise Preise, unter anderem den Mara-Cassens-Preis 2009 und den Förderpreis des Bremer Literaturpreises 2010. Sein zweiter Roman »Niedergang« war nominiert für den Schweizer Buchpreis 2013.
Roman Graf lebt in Berlin.

ROMAN GRAF

Niedergang

Roman

btb

MIX
Papier aus verantwortungsvollen Quellen
FSC® C083411

Verlagsgruppe Random House FSC® N001967
Das für dieses Buch verwendete FSC®-zertifizierte
Papier *Lux Cream* liefert Stora Enso, Finnland.

1. Auflage
Genehmigte Taschenbuchausgabe August 2015
btb Verlag in der Verlagsgruppe Random House GmbH, München

Umschlaggestaltung: semper smile, München,
nach einem Umschlagentwurf von bürosüd, München
Umschlagmotiv: © plainpicture / Aurora Photos
Druck und Einband: CPI books GmH, Leck
KR · Herstellung: sc
Printed in Germany
ISBN 978-3-442-74941-6

www.btb-verlag.de
www.facebook.com/btbverlag
Besuchen Sie auch unseren LiteraturBlog www.transatlantik.de

für Silke

Wo ist der Weg?
Gib alles drum! Dann wird es einfach.

Ludwig Hohl

1
Unfreundlicher Empfang

Am höchsten hinauf, am weitesten kommt, wer mit der Natur verschmilzt, dachte André; das schlechte Wetter muss man sich zum Verbündeten machen.

Regenschwerer Nebel hatte über Nacht das Tal gefüllt, klebte im Talgrund, hakte sich an Häuserecken, Dachvorsprüngen, Dachrinnen fest, erstickte das Bergdorf. Der Kirchturm und die Giebel der höheren Häuser waren im Nebel verschwunden, wie abgetrennt, nicht mehr Teil dieser Welt. Straße und Trottoir, aber auch der Felsen neben der Bäckerei lagen vom Nieselregen verfärbt. Von unten, dem Bahnhof her, nahte ein gelbes Fahrzeug, ein Postauto, fuhr halb leer vorbei, stach in den Nebel und versank.

André und Louise hatten, auf das Drängen Louises hin, die soeben geöffnete Bäckerei betreten, wo Louise einen Kaffee und ein Croissant kaufte. Nun saßen sie draußen an einem kleinen, wackeligen Tisch auf zwei feuchten, mit den Ärmeln ihrer Regenjacken abgewischten Plastikstühlen, André ungeduldig mit dem Fuß wippend, Louise wie in Zeitlupe kauend. Statt mit einem Schluck Kaffee nachzuhelfen, versuchte sie mehrmals, das trockene Stück hinunterzuwürgen, bis es schließlich gelang. Sie lehnte sich in ihrem Stuhl zurück und schaute regungslos die Straße hinunter, als sehne sie sich nach dem Heimweg. Nicht einmal ihre Augenlider bewegte sie.

»Nun?«, fragte André, als Aufforderung, sie möge den Kaffee trinken und den Rest des Croissants aufessen. Er wollte los. Je schneller sie die Nebeldecke unter sich hätten, desto besser. Louises Stimmung würde sich mit dem Tageslicht aufhellen; sie würde später von der Bergwanderung schwärmen.

Er hatte in der Bäckerei nichts gekauft, als Zeichen, dass er mit dieser frühen Einkehr nach einem dreiminütigen Spaziergang durch das Dorf nicht einverstanden war. Er hätte nicht gewusst, was kaufen. Einen Kaffee brauchte er nicht, weckte einen das feuchte Wetter doch gut genug, zudem regte er die Verdauung an; ein heißer Tee war ebenso ungeeignet, wenn sie später nicht alle zehn Minuten eine Pinkelpause einlegen wollten; für Wasser gedachte er nicht so viel Geld auszugeben. Überhaupt: eben hatten sie im Hotel gefrühstückt, ausgiebig gegessen und getrunken. Man durfte den Aufbruch nicht wegen ein bisschen schlechten Wetters hinausschieben, musste los, sich hineinstürzen, einlaufen – nach einer oder zwei Stunden wanderte es sich wie von alleine. Man durfte nicht ständig stehen bleiben und Pause machen, so kam man nie in einen Trott. Nach jeder Stunde gab es fünf Minuten Pause und nach drei oder vier Stunden oder bei Erreichen eines Zwischenziels eine längere Rast – hatte er Louise gestern beim Abendessen in der Pizzeria noch einmal erklärt.

Endlich nahm sie den Plastikbecher in die Hände; sie wärmte sie daran und trank zwei Schlucke. Sie griff nach dem erst halb aufgegessenen Croissant, konnte sich aber nicht entschließen, es vom Tisch aufzuheben.

»Ich kann nicht mehr«, sagte sie und fasste sich an den Bauch.

»Kein Wunder«, antwortete André, »du hast doch eben erst gefrühstückt – und wie! Wir haben gegessen, als würden wir die nächsten zwei Tage nichts mehr kriegen.«

Louise tat einen langen Atemzug, legte die Hand auf den Magen und sagte, sie fühle sich nicht wohl, leichte Magenkrämpfe. Wieder verfiel sie in eine Starre und schaute die Straße hinunter.

Von dort, vom Bahnhof her, glaubte André den Bach zu hören, der jetzt, im Frühling, aufgrund der Schneeschmelze viel Wasser führte. Es musste schönes und warmes Wetter werden – wenn sie erst über dem Nebelmeer wanderten!

»Gib mal Händchen«, sagte Louise und legte die Hand mit der Innenfläche nach oben auf den Tisch.

Er tat, was sie forderte; widerwillig, aber er tat es.

Manchmal wolle man im Urlaub einfach an Ort und Stelle bleiben, sagte sie.

Er schwieg, als hätte er diesen Satz nicht gehört.

»Wir könnten heute Nachmittag losgehen. Vielleicht ist das Wetter dann besser. Oder morgen früh?«

»Louise«, sagte er und zog seine Hand zurück, »wir haben die Wanderung seit Monaten geplant. Wir brauchen fünf Tage, fünf volle Tage. Wenn wir jetzt nicht losgehen, können wir sie nicht machen.«

Er hatte die Bergwanderung im Dezember des vergangenen Jahres herausgesucht, im Internet recherchiert, Louise Bilder gezeigt, zwei Landkarten und einen neuen Kompass gekauft, und im Winter waren sie vermehrt auf Wanderungen im Berliner Umland und auf der Mecklenburgischen Seenplatte gewesen, um nicht ganz untrainiert zu sein.

Und dies alles für nichts? Er war verärgert, ließ sich jedoch nichts anmerken, stellte nur sachlich noch einmal fest, dass sie diese Wanderung nicht machen könnten, wenn sie jetzt nicht losgingen.

Aus dem Nebel heraus fiel leichter Regen, es schien dunkler statt heller zu werden, Windstöße fetzten gegen ihre Wangen. Zum Glück war der Becher mit dem Kaffee noch halb voll, sonst hätte der Wind ihn auf die Straße gefegt.

André, der die Wanderung, da sie ihn an die schönsten Tage seiner Kindheit erinnerte, unbedingt machen wollte, legte den Arm auf den Tisch, streckte nun seinerseits die Hand hinüber zu Louise und zappelte mit den Fingern, als Zeichen, dass sie ihre Hand in die seine legen solle.

»Willst du denn noch?«, fragte er.

2
Kleine Canyons

Sie schulterten die bleischweren Rucksäcke. André half Louise, indem er ihren Rucksack hochhob; seinen eigenen, der wegen des Kletterseils, der Karabiner und Bandschlingen noch schwerer war, stellte er zuerst auf sein an einer Hauswand angewinkeltes Bein, dann schlüpfte er mit dem Arm durch den einen Schultergurt.

Sie zogen los, die Kapuzen um die Gesichter festgezurrt, wegen der Rucksäcke leicht vornübergebeugt. Nebeneinander gingen sie die paar Meter auf der geteerten Straße, die zum Dorfrand führte, wo ein steiler, schiefer Kiesweg begann, der nicht mehr von Autos befahren werden konnte, nur noch von Traktoren, Motorrädern und Mountainbikes, und wo Louise auf einmal hinter ihm herging, obwohl der Weg breit genug für beide war.

Sie murmelte etwas und blieb stehen. Also musste auch er, der möglichst schnell seinen Rhythmus finden wollte, anhalten; er drehte sich nach ihr um, wahrte mühsam das Gleichgewicht.

»Einen Moment«, sagte sie, »ich habe einen Schweißausbruch.«

Wie er ihr bereits im Hotel prophezeit hatte, war sie zu warm angezogen. Sie hatte ihm nicht geglaubt, da sie schnell fror und selbst im Hochsommer oft nicht ohne eine Jacke aus dem Haus ging.

Er hielt es für klüger, nichts zu sagen. Sie öffnete den Hüftgurt, löste die festgezogenen Schultergurte, und er tat die Schritte, den bereits zurückgelegten Weg wieder hinunter zu ihr hin, nahm ihr den Rucksack ab, damit sie ihn nicht auf den dreckigen Wegrand stellen musste. Unter dem Goretex-Regenschutz trug sie eine Winterjacke und darunter einen Rollkragenpullover aus Lammwolle, dabei hatte er ihr doch erzählt, wie sie früher bei den Pfadfindern auf Schneewanderungen hoch in den Bergen im T-Shirt unterwegs gewesen waren.

»Für die ersten Meter war die Jacke gut«, sagte sie, »ich hätte gefroren.«

»Wie lange – zwei Minuten?«, entgegnete er lachend. »Ich sagte doch, dass man meistens zu viel anhat. Man schwitzt, die Kleider werden nass, und wenn man nachher eine Pause macht, friert man.«

»Du hast ja Recht«, sagte Louise. »Ich muss eben alles selber herausfinden, du kennst mich doch.«

Er fragte, ob sie den Rolli nicht auch ausziehen wolle; sie verneinte, wies darauf hin, dass sie darunter nur ein T-Shirt trage.

Nachdem sie die Winterjacke im Rucksack verstaut, die Regenjacke wieder übergezogen und die Kapuze festgezurrt, nachdem er den Rucksack an ihren Rücken gehalten, sie die Schultergurte angezogen und den Hüftgurt geschlossen hatte, konnte es weitergehen. In einer Stunde gebe es die erste fünfminütige Pause, sagte er, und er meinte damit, dass er in der nächsten Stunde keine weiteren Unterbrechungen wünsche.

André schritt zügig voran.

Der steile Kiesweg, der aus dem Dorf heraus- und in einen Tannenwald hineinführte, trug die Narben des Schmelzwassers – Rinnen, die das Wasser gestoßen hatte – und Zeichen der Verwüstung, wie faustgroße Kiesel und Äste, die herangerollt und -geschwemmt worden waren. Auf dem lockeren Untergrund rutschten die vor wenigen Wochen in einem Berliner Outdoor-Laden gekauften Wanderschuhe bei jedem Schritt. André und Louise hatten nicht vergessen, sie bei zwei-drei kleinen Wanderungen einzulaufen, die allerdings in ebenem Gelände stattgefunden hatten. Beruhigt stellte André fest, dass seine Schuhe an den Fersen noch nicht zu drücken begannen.

Hier, einige Meter über dem Dorf, schien der Nebel noch dichter geworden zu sein; zu sehen waren nur die vor ihnen liegenden Meter, eine steil aufsteigende Wand aus Kiesel und Erde, ein erodiertes Gefüge. Selbst der Wald blieb unsichtbar; nur die weit ausladenden Tannäste in Bodennähe hoben sich links und rechts des Weges mit ihrem finsteren Grün von dem schwebenden, dunkelgrauen Nass ab und verrieten den dichten Baumbestand.

Längst wehte der Wind nicht mehr; vermutlich blieb der Nebel hier noch lange hängen. Wieder setzten leichte Schauer ein, und in den Rinnen des Weges bildeten sich kleine Bäche, vergleichbar mit den von Kindern gebauten Kanälen in einem Sandkasten, die mit einer Gießkanne bewässert wurden.

Aufgrund des fehlenden Platzes – ein Steinschlag aus früherer Zeit hatte einen Teil des Hanges unpassierbar gemacht – führte dieses Stück des Weges, das bald zu Ende sein musste, steil und gerade nach oben zu einem kleinen Plateau, wo ein Pfad im Zickzack weiterging.

André hatte die Karte und die Bilder im Internet genau studiert. An einem nebelfreien Tag wanderte man hier im kühlen Schatten, von der Sonne geschützt, und sah die menschengroßen, mit Moos bewachsenen Felsen, die einst heruntergerollt waren.

Nach einem Blick zurück blieb er stehen, damit der Abstand zu Louise nicht zu groß wurde. Er konnte das Blau ihrer Goretex-Jacke durch den Nebel nicht sehen, aber er hörte ihre Schritte und das reibende Geräusch ihrer Jacke; Louise musste etwa fünfzig Meter hinter ihm sein.

Nach und nach kam er, weil es regnete und zunehmend dunkler wurde, zu dem Schluss, dass der Nebel oben vielleicht in eine Wolke überging – folglich würden sie nicht in der Sonne, unter blauem Himmel, frei und wie fliegend über dem Nebelmeer wandern. Er wollte Louise nicht von seiner Befürchtung erzählen, nicht jetzt; sie brauchte die Hoffnung auf schönes Wetter, und vielleicht käme noch die Sonne, wenn nicht heute, dann morgen.

Als Louise bei ihm angekommen war, blieb sie sogleich stehen, den Körper bergab gewandt, als wolle sie die Aussicht genießen. Sie sah nur Grau: dunkelgraue Flächen, hellgraue Schlieren, graugrüne Äste, direkt vor sich graue Steine.

»Entschuldige«, sagte sie, »aber ich muss mich an die Höhe gewöhnen.«

»Keine Sorge«, entgegnete er, »noch eine gute Stunde, dann folgt die große Ebene.«

Er wusste, dass Louise solche Steigungen nicht gewohnt war. Sie konnte in Berlin, irgendwo in Brandenburg oder in ihrer Heimat Mecklenburg-Vorpommern stundenlang wandern – nicht ganz so schnell wie er, aber ohne müde zu werden. Er hingegen hatte bereits als kleiner Bub mit der Familie und bei den Pfadfindern Wanderungen in den Alpen unternommen: ging es steil aufwärts, presste er bei jedem Schritt schwung- und kraftvoll die Hand gegen den Oberschenkel, als könne er sich so zusätzlich abdrücken; ging es hinunter, rannte er verbotenerweise oder ließ sich zumindest ein Stück von den ins Rollen geratenen Steinen tragen – selbst als Erwachsener hielt er das Gleichgewicht spielend.

Eine Wanderung, bei der es nicht steil aufwärts ging, war für ihn keine Wanderung. Er brauchte die Steigung und das Gewicht des Rucksacks, um zu spüren, dass mit seinem Körper etwas geschah, das ihm guttat; Spaziergänge hingegen auf ebenem Gelände, etwa um einen See herum, waren so leicht, dass er glaubte zu schweben und kaum etwas fühlte. Nein, mit einer richtigen Wanderung war das nicht vergleichbar, trotz der Natur, die ihm im Berliner Umland und auf der Mecklenburgischen Seenplatte so gut gefiel.

Louise schaute noch immer in das Grau. »Es ist der Sauerstoff«, sagte sie, ohne ihn anzusehen. »Ich muss mich daran gewöhnen. Ich weiß nicht, ob es am Nachmittag schon besser ist.«

»Der Sauerstoff? Zu viel oder zu wenig?«

Louise versuchte, sich mit der regennassen Hand den Schweiß aus der Stirn zu streichen, antwortete, sie wisse es nicht.

»Das kann nicht sein, Lou. Wir sind nicht auf dreitausend Meter Höhe, noch nicht einmal auf zweitausend.« Er lachte.

Nun hatte der Wind doch einen Weg in den Wald gefunden. Er wehte in starken Stößen von oben herab, drückte den Nebel, dessen Schwaden sich unheimlich verformten, das Tal hinunter.

»Ach, hör auf!«, sagte Louise.

Er bot ihr an, ein wenig langsamer zu gehen. Noch eine Viertelstunde, und sie hätten, auf dem kleinen Plateau angekommen, die erste fünfminütige Pause verdient gehabt, die sie bereits jetzt gemacht hatten. Nur ungerne wollte er auf dem Plateau erneut anhalten. So kämen sie nie in einen Trott.

Im Gehen drehte André sich zu Louise um, die zwei Meter hinter ihm herkam. »Weißt du, warum die Schweizer auf Berge klettern?«, witzelte er. »Um aus dem Gefängnis zu entkommen.« Oben sei es traumhaft, sie werde schon sehen, und ein bisschen Nebel und Regen gehöre dazu, das mache den Reiz des Abenteuers aus.

André wusste nicht mehr, wo er den Satz mit dem Gefängnis gelesen hatte, aber er gefiel ihm. Er hatte dieses Bonmot schon mehrmals in eine Runde geworfen, wenn sich eine Gelegenheit bot.

Die Rinnen im Weg, die sich wie wilde Flussarme teilten und wieder vereinten, bildeten eine archaische und doch vielleicht gesetzmäßige Struktur. André war erstaunt über die Tiefe der Rinnen, die man als kleine Canyons bezeichnen konnte, enge Täler in einer Spielzeuglandschaft. Die eine oder andere führte so viel Wasser, dass hineingesetzte kleine Papierschiffchen in hoher Geschwindigkeit hinuntergesaust wären, nervös schaukelnd, sich drehend, bald kenternd.

Zum Glück lud das Plateau nicht zu einer Pause ein. Wasser, das den Hang herunterlief und sich hier sammelte, hatte den Boden durchnässt und aufgeweicht, ein wenig sank André gar mit dem Wanderschuh ein; nicht schlimm, der Schuh reichte weit über den Knöchel und war aus wasserdichtem Goretex.

Von unten näherte sich ein blauer Farbtupf, Louises Jacke, die sich zwischen den dünnen Stämmchen junger Bäume und dem festsitzenden Nebel immer deutlicher abzeichnete.

3

Auf dem Zickzack-Pfad

Aus Louises Ankunft auf dem Plateau war doch eine kurze Pause geworden. Louise wollte trinken. Dabei hätte sie nur den Mund öffnen und sich hineinregnen lassen müssen.

Der Zickzack-Pfad war ganz nach Andrés Geschmack. Hier, oberhalb des kleinen Plateaus, erhob der Berg sich so steil, dass ein gerader Weg wie vorhin undenkbar gewesen wäre. Auf allen vieren hätte man diesen lehmigen, glitschigen Hang hinaufklettern und sich an den Tannenästen festhalten müssen, um nicht wieder herunterzurutschen. Selbst der schmale Zickzack-Pfad war steil, anstrengend für Louise. Bei André führte die Steigung, zusammen mit dem Gewicht des Rucksacks, lediglich dazu, dass er den Unterschied zu den Seenwanderungen zu fühlen begann, er seine überschüssige Energie, die Kraft in den Beinen einsetzen konnte. Steigung, Last, Energieaufwand, Puls und Atem, langsam gelangte alles in eine Balance, er kam in seinen Trott.

Auf dem Pfad gab es nur noch kleine Rinnen, wenn überhaupt, und die Kiesel lagen nicht obenauf, sondern waren fest in den Boden getreten. Ab und an, vor allem bei den Kurven, wo der Pfad jeweils steiler wurde, zwangen Stufen sie dazu, konzentriert zu gehen, sonst wären sie gestolpert. Manche waren kniehoch, sodass sie Kraft kosteten – Kraft, von der André einen schier unerschöpflichen Vorrat zu haben schien.

Jetzt machten sie Höhenmeter. Und das war notwendig, um möglichst bald aus dem Wald herauszukommen, die Baumgrenze unter sich zu lassen. Solange sie sich im Wald befanden, konnte von einer richtigen Bergwanderung nicht die Rede sein. Nicht, wenn man André fragte.

Auf dem Weg floss ihm eine dünne Schicht Wasser entgegen, das sich an der Spitze seiner Schuhe teilte und manchmal hochschwappte oder -spritzte; er freute sich darüber: in diesem Bächlein zu gehen gehörte zum Abenteuer. Es war gut, dass ihnen zu Beginn einiges zuwiderlief; schönes Wetter, eine von Louise so noch nie erlebte Aussicht, eine Rast auf einer Alpwiese mit anschließendem kurzen Mittagsschlaf mussten danach umso stärker wirken.

Einen kurzen und heftigen, geradezu jugendlichen Regenschauer nahm André hin – wie nichts. Das herunterklatschende Nass spornte ihn zusätzlich an, er kam langsam in Stimmung und schritt mit einem Übermut voraus, der Louise anstecken musste. Er machte sich nicht einmal die Mühe, sich den Regen aus dem Gesicht zu wischen; im Gegenteil: einen Tropfen an der Nasenspitze ließ er absichtlich hängen, so sehr freute er sich über das endlich beginnende Abenteuer. Wie früher! Bei den Pfadfindern hatten sie in den Bergen mehrtägige Gewaltmärsche unternommen, sogenannte Hikes; bereits als Elfjähriger durfte er die Erfahrung machen, was »endloses Wandern mit schwerem Gepäck« bedeutete, durfte durch das Glück, sich verlaufen zu haben, miterleben, wie man sich nach Stunden an der prallen Hochsommersonne die letzten Schlucke Wasser teilte und die staubtrockenen Biskuits der Schweizer Armee herunterwürgte, bevor es in Richtung Zivilisation weiterging. Seit dieser Erfahrung wusste er, dass er Ausdauer besaß und sein Wille nicht zu brechen war. Stundenlange Strecken in karg-felsigem, eintönigem Gebiet, auf einem die Fantasie abtötenden Kiesweg, der sich immer gleich s-förmig dem Berg entlangschlängelte, kommentierte er seither lakonisch mit »Das formt den Charakter!«.

Die zähen Abenteuer als Jugendlicher, die er alle bestanden hatte, führten zu einem Selbstbild, zu einer Einstellung, die er noch heute besaß: Kein Wanderweg der Welt konnte ihn, André, besiegen! Wenn es sein musste, wurde er zu einer Maschine; nicht wegen seiner Kraft, die mittelmäßig war, vielmehr wegen seines Willens. Heute noch mehr als früher – ein einmal herangebildeter Wille blieb bis ins hohe Alter, die Körperkraft hingegen ließ nach, wenn das Training fehlte, was bei ihm der Fall war. Die Seenwanderungen in den vergangenen Monaten konnten für Louise als Training bezeichnet werden, für ihn gaben sie gemütliche Sonntagsspaziergänge ab.

Und dennoch war er nicht schlecht in Form, besaß einen für lange Wanderungen geeigneten Körper: für einen Mann nicht sehr groß, aber sportlich, weder zu kräftig noch zu dünn, ein gutes Verhältnis zwischen Muskelkraft und Gewicht. Louise war genau gleich groß wie er, für eine Frau eher hochgewachsen, und sehr schlank, von beinahe maskuliner Gestalt. Auch sie besaß einen guten Körper zum Wandern.

Nichts stand einem prägenden Abenteuer im Weg.

Und André hätte den Gipfel stürmen können. Als hätte sich die Energie von zehn oder fünfzehn Jahren angestaut, seit er als junger Mann zum letzten Mal auf einer richtigen Wanderung gewesen war. Er machte Tempo. Der Zickzack-Pfad gefiel ihm, und er wollte Louise zeigen, wie spielend man hinaufgelangte – mit dem nötigen Elan.

Sie schritt bedächtig hinter ihm her, mehrere Schleifen unter ihm, wie er vermutete, im Nebel konnte er sie nicht sehen. Er schätzte, dass sie vielleicht in fünf oder zehn Metern Höhendifferenz zu ihm wanderte. Größer durfte der Abstand nicht werden; er fühlte sich verpflichtet, auf seine Freundin aufzupassen.

Vergnügt blieb er stehen, wischte sich das Wasser aus den Augenbrauen und jodelte hinunter in das nasse und tröpfelnde Grau.

»Lou«, rief er, »huhuu!«

Einen Moment lang blieb es still.

»Ja?«, fragte ihre Stimme.

»Hier oben ist blauer Himmel«, rief er, ohne viel dabei zu überlegen.

Er hörte das reibende Geräusch ihrer Goretex-Jacke; Louise hatte sich wieder in Bewegung gesetzt.

4
Durch das Nebelmeer

Wenige Meter von ihm entfernt, als er sie sehen konnte, verlangsamte sie das Tempo. Zaghaft näherte sie sich, ohne ihn anzusehen, jetzt mit verschränkten Armen, die Hände zwischen Oberarme und Körper gesteckt. So wanderte es sich nicht gut.

»Und«, sagte sie, halb zu Boden, halb zum Hang blickend, der hinter dem Nebel verborgen lag, »wo ist der blaue Himmel?«

»Grauer Himmel«, witzelte er, »ich sagte, grauer Himmel.«

Louises Gesicht zeigte keinerlei Reaktion, geschweige denn ein Lächeln.

»Ach, sei kein Frosch! Ich wollte dir die letzten Meter erleichtern.«

Sie schwieg, schaute noch immer in das nieselnde Dunkelgrau. In ihrer völligen Bewegungslosigkeit glich sie einer Statue oder einem Felsen.

Es sei doch von vornherein klar gewesen, argumentierte er, dass nicht die Sonne scheinen könne – bei dem Nieselregen! Von irgendwoher müsse der Regen schließlich kommen; nicht von dem Nebel hier, sondern von einer Wolke weiter oben.

»Dann bin ich halt hereingefallen«, sagte Louise verärgert.

Sie schien den Wind nicht zu bemerken, der von oben herunterwehte, in kräftigen, ruppigen Stößen; ein heftiger Luftzug noch, der sich aber schnell zu einem Sturm entwickeln konnte. André schaute seine Freundin an, die noch immer in den Nebel hineinblickte.

»Ich wollte dich nicht hereinlegen«, verteidigte er sich, »ich dachte, das mit der Wolke sei klar. Ich wollte das schlechte Wetter mit Humor nehmen.«

Louise rührte sich nicht, schaute ihn nicht an. Nachdem er einige Sekunden gewartet hatte, drehte er sich von ihr weg, hangabwärts, und blickte in das riesige Nebelmeer, durch das sie gewandert waren und in dem sie sich noch immer befanden – als wolle er so nicht weitergehen, sondern umkehren, wieder hinabtauchen zu dem Dorf, in dem sie übernachtet hatten.

Voneinander abgewandt blieben sie eine Weile stehen und schwiegen vor sich hin. André konnte beobachten, wie der Wind den Nebel hinunterdrückte, wie einzelne dunkle und helle Nebelschwaden in Richtung Tal trieben. Aber oben, da begann das Grau nicht, sich aufzulösen, wurde nicht weiß, wurde nicht, von der Sonne verfärbt, gelb, gab nicht den blauen Himmel frei; im Gegenteil: von oben kam Dunkel, schwerer, stark wasserhaltiger Nebel, vielleicht auch nicht Nebel, sondern eine Wolke. Und die helleren Nebelschwaden zogen talwärts, verformten sich unaufhörlich, als wollten sie Aufmerksamkeit erlangen, ihnen, diesen zwei im Gebirge verlorenen und den Launen des Wetters ausgesetzten Menschen, das Zeichen geben mitzukommen – wie Delfine im Meer den Schiffbrüchigen die Richtung zur rettenden Insel wiesen.

»Gehen wir weiter?«, fragte Louise, den Berg hinaufblickend, obwohl sie nichts sah als eine niedrige, finstere Decke.

André bejahte umgehend. Er ging voran, nur halb zufrieden. Er wusste: Louises Aufforderung weiterzugehen war nichts anderes als der versteckte Vorwurf, dass sie das alles nur wegen ihm machte. Immerhin gab sie nicht auf; er konnte auf sie zählen.

Manchmal hatte ihre Herkunft aus einem kleinen Dorf in Mecklenburg-Vorpommern Vorteile. Louise hatte ihm ausgiebig davon erzählt, dass diese Gegend einen schweigsamen, sturen Menschentyp hervorbrachte, der in ihrer Familie zu finden war und zu dem auch sie selbst, ein wenig, gehörte. Man war gewohnt, Probleme, Leiden, Verstimmungen still zu ertragen, hinunterzuschlucken; man sprach nicht miteinander, ging sich stattdessen aus dem Weg, jeder an seine Arbeit, und später war die Meinungsverschiedenheit, oder was immer einen bedrückt hatte, vergessen. Hatte man eine Sache erst einmal in Angriff genommen, zog man sie gegen alle Widerstände durch bis zum bitteren Ende. Wurde einem etwas aufgezwungen, das man nicht wollte, löste man das Problem nicht mit einem Gespräch, sondern nahm die Sache scheinbar hin, sabotierte sie aber immer wieder von Neuem, indem man sich querstellte, nichts davon hören wollte, die Sache ignorierte und stattdessen etwas anderes tat.

Oft musste er über Louise lachen, und manchmal lachte sie mit. Sie wünschte sich, sie wäre weiblicher, nicht ein so maskuliner Typ, aber ihre schwarzen Haare trug sie kurz, ein bubenhafter Schnitt, der ihre androgyne Erscheinung betonte. Er sagte: »Dann lass doch deine Haare wachsen, kaufe Ohrringe und trage keine Hose, sondern ein Kleid!« – sie wollte nicht. Auf keinen Fall ein Kleid tragen; auf keinen Fall die Haare wachsen lassen. Sie wollte diesen, wie sie glaubte, französischen Schnitt. Seit ihrer Jugend war sie frankophil; sie gab sich sogar einen anderen, französischen Namen. Sie hieß nämlich nicht Louise, sondern Friederike, ein Name, den sie hässlich fand und nicht hören wollte. Alle nannten sie Louise, inzwischen sogar ihre Eltern, nur bei der Arbeit war sie Friederike. Das passte, denn auch ihren Beruf, Tiefbauzeichnerin, mochte sie nicht; ein Männerberuf, für den sie sich schämte. Sie wäre gerne Innenarchitektin geworden, hatte sich aber nicht getraut, es sich nicht zugetraut. Heute bereute sie die eigene Mutlosigkeit von damals.

»Wir sind so erzogen worden«, sagte sie zu ihm, verbittert, mit Tränen in den Augen und nach vorne hängenden Schultern. »Im Osten hat man, ohne zu maulen, das genommen, was einem angeboten wurde. Man kam nicht auf die Idee, etwas anderes zu verlangen.« Sie sagte, dass Leute, die bloß drei oder vier Jahre jünger als sie waren, mit der Wende und dem westlichen Kapitalismus viel besser zurechtkämen.

Bis heute sprach sie ungerne von ihrem Beruf, obwohl ihre Stelle so schlecht nicht war und sie ordentlich verdiente. Eine Umschulung wollte sie nicht machen; das Aufbegehren gegen das Schicksal beschränkte sich auf den Namen Louise, den sie sich bereits vor Langem, weit vor ihrer gemeinsamen Zeit gegeben hatte.

Sie schwärmte von Frankreich, obwohl sie noch nie dort gewesen war. Im vergangenen Sommer schließlich hatte er gesagt, das müsse geändert werden, und sie fuhren für vier Tage nach Paris. Ein wenig war Louise enttäuscht. Nun habe er ihre Sehnsucht zerstört, sagte sie im Spaß, aber auch nicht frei von Ernst.

André stieg den Zickzack-Pfad weiter hinauf. Dass Louise diejenige gewesen war, die weitergehen wollte, wusste er nun doch zu schätzen; vielleicht begann die Wanderung ihr zu gefallen? Er war darauf bedacht, den Abstand zu ihr nicht zu groß werden zu lassen, als Zeichen der Versöhnung. Er ging langsamer als vorhin, was ihn mehr Kraft kostete. Die Zeitberechnungen, die er in Berlin mit einigem Aufwand gemacht hatte – unter Berücksichtigung des Wetters, der körperlichen Anstrengung, der Möglichkeit, dass sie den Weg nicht fanden oder sich gar verliefen: optimistische und pessimistische Berechnungen, damit böse Überraschungen ausgeschlossen werden konnten –, stimmten ohnehin nicht: sie waren langsamer, als er für möglich gehalten hatte. Und noch befanden sie sich auf dem einfachsten Teil, der leicht zu berechnen gewesen war. Für den geraden Kiesweg und den Zickzack-Pfad brauchten sie, da insgesamt sechshundert Höhenmeter zu überwinden waren, etwa zwei Stunden; am Nachmittag, auf der großen Ebene, die Louise aufgrund der Flachheit gefallen würde, benötigten sie dreieinhalb Stunden, um zur Hütte zu gelangen, in der sie übernachten wollten.

Doch bereits jetzt, noch auf dem Zickzack-Pfad, waren sie zwei Stunden unterwegs, wegen des langsamen Tempos, vor allem wegen der unnötigen Pausen.

André mahnte sich zur Ruhe. Louise war die Steigung nicht gewohnt, was sich vor allem am Anfang bemerkbar machte. Morgen ginge es bestimmt besser. Der Kreislauf passte sich schnell an. Und wenn das Wetter mitspielte und Louise hingerissen war von einer Aussicht, die sie in ihrem ganzen Leben noch nie gehabt hatte, wanderte es sich wie von selbst.

»Ich bin gespannt, wie oben das Wetter ist«, sagte er und blieb stehen. Louise, die direkt hinter ihm ging, stieß mit ihrem Kopf gegen seinen Rucksack, da sie zu Boden geblickt hatte, und fluchte kurz.

»Mit meinem Smartphone könnte ich jetzt im Internet nach dem Wetter schauen«, sagte sie. »Dann wüssten wir immerhin, ob sich der Aufstieg lohnt.«

André hielt inne. Was, zum Teufel, meinte sie damit? Dachte sie daran, die Wanderung abzubrechen? Ohne zu antworten, ging er weiter, verärgert über ihre Worte.

Merkte sie denn nicht, dass sie die besser werdende Stimmung wieder zerstörte?

Es stimmte, dass sie auf seinen Vorschlag hin ihre Mobiltelefone zu Hause gelassen hatten. Man konnte ohne diese Geräte die Natur besser genießen, war befreit von der Internetsucht, von Anrufen und Kurzmitteilungen, und selbst in einer Notsituation waren die Geräte nicht mit Sicherheit zu gebrauchen, da man in den Alpen nicht überall Empfang hatte. Kaum hatte er diese Argumente ausgesprochen gehabt, war Louise einverstanden gewesen; die Mobiltelefone blieben zu Hause. Das kam ihr gerade recht, erzählte sie doch immer wieder, dass sie ihre Internetsucht nicht richtig in den Griff kriege, Anrufe in den ungünstigsten Situationen sie nervten und das Beantworten von Kurzmitteilungen viel mehr Zeit brauche, als man denke.

Dass Louise ihm nun in den Rücken fiel und ihm die Schuld dafür gab, dass sie die Mobiltelefone nicht dabeihatten, empfand er als ungerecht. Eine unnötige Provokation ihrerseits mit dem einzigen Zweck, rumzustänkern und die Stimmung kaputt zu machen.

André schritt wieder zügiger voran, ging in seinem Tempo, das ihn weniger Kraft kostete. Der Pfad war inzwischen schmaler und steiler geworden, linker Hand zeichnete sich durch den Nebel eine Felswand ab, die an einer Stelle überhängend war, und rechter Hand hatte ein Erdrutsch eine Art Piste aus Schutt und Erde geschaffen. Auf Andrés Stirn vermischte sich der Regen mit Schweiß.

Allmählich klarte es auf. Der Nebel trieb hinunter in das Tal, und nur noch ein letzter, sich auflösender Rest des grauen Meeres behinderte die Sicht. André erhöhte noch einmal das Tempo. Er wollte endlich über dem Nebel sein, ihn bezwungen haben. Jetzt durfte er sich verausgaben, denn oben würden sie eine längere Mittagsrast einlegen, sofern es die Witterung zuließ. Und selbst wenn es regnete und stürmte: irgendwo würden sie ein geschütztes Plätzchen finden, hinter einem Felsen oder unter einer Wettertanne.

Das steile, bereits gebirgige Stück unter sich, stellte André fest, dass der Pfad hier wieder in breiterem Zickzack hinaufging – und der Nebel sich aufgelöst hatte. Unmerklich hatte er sich davongestohlen, in die Weiler und Dörfer hinunter, wo er den Leuten auf die Stimmung drückte.

Hier oben, am Hang, war die Sicht inzwischen passabel, wenn auch dunkle Wolken nur wenig Licht hindurchließen. Auf zweihundert, dreihundert Meter Entfernung waren Bäume und Felsen erkennbar, aber wie in einer einsetzenden Abenddämmerung. Dabei war später Vormittag.

André schaute zurück, nach unten, sah einige Sekunden dem Hinabtreiben des riesigen Nebelmeeres zu, in dem Louise noch steckte. Auch sie hatte es bald geschafft.

Beim Weitergehen schaute er einen Moment lang nach oben: ein kurzes, steiles Stück lag noch vor ihm, das vielleicht bis anhin steilste, und der Pfad wurde wieder ganz schmal, noch schmaler als vorhin. Nach oben war jetzt mehr Raum; die Regenwolken bewegten sich wie Platten oder Würfel aufeinander zu, voneinander weg, aufeinander zu. Scharfe Kanten, Löcher, jähe Risse kündeten von der Schroffheit des Gebirges, und der weiche, geschmeidige Nebel war Vergangenheit.

Längst konnte André das reibende Geräusch von Louises Jacke nicht mehr hören. Er machte sich keine Sorgen; diese letzten Meter würde sie allein schaffen. Und er wollte nicht noch einmal warten, wollte gleich nach oben gehen, erst oben hatte er eine Pause verdient.

Er kam ins Schnaufen, die Maschine, zu der er beim Wandern wurde, lief allmählich an, und er dachte an Louise, die sich seiner Meinung nach zu Recht einen neuen Namen gegeben hatte. Bei jedem Schritt stampfte er einen dieser hässlichen Vornamen, die es in Deutschland gab, in den Boden. Friederike, Ulrike, Frauke – Frauke! Die Deutschen waren Meister darin, ihren Töchtern hässliche Namen zu geben.

Oben, genau da, wo der Pfad die große Ebene erreichte, wartete er, damit Louise ihn sogleich sähe; den Rucksack legte er auf einen flachen Felsen wenige Meter neben sich. Er stand einige Minuten, als er zwischen den Bäumen, mehrere Höhenmeter tiefer ihre blaue Regenjacke entdeckte, deren reibendes Geräusch er noch nicht hören konnte.

Louise stieg langsam hoch, als wolle sie sich nicht aus der Ruhe bringen lassen, und zehn Meter vor dem Ziel blieb sie stehen, atmete tief aus. Puh!

Er sagte nichts, absichtlich, obwohl sie sich verhielt, als fiele sie direkt vor dem Ziel tot um. Zögerlich setzte sie sich wieder in Bewegung, kam näher und näher und schritt, ohne ihn zu beachten, an ihm vorbei, legte den Rucksack ab, auf den flachen Felsen neben den seinen.

»Hier ist die große Ebene«, sagte er und wies mit der Hand in die Ferne, in ein finsteres Gemisch aus Regenwolken und einer ebenso dunklen, spärlich mit Gras bewachsenen Fläche, die in Richtung der Berge in der Unsichtbarkeit verschwand.

5
Im Schutz der Wettertanne

André beobachtete, wie die Regenwolken über die große Ebene herantrieben; früher oder später würde es regnen, womöglich in Strömen. Eine Wettertanne, die Schutz bot, stand neben einem mit Gras bewachsenen Felsen etwa hundert Meter entfernt. Sie war windschief und für ihren Astbestand zu niedrig, jedoch vital im Vergleich zu den anderen Tannen, die weiter weg an den Hängen, ein wenig oberhalb der Baumgrenze, krüppelhaft wuchsen.

»Wollen wir essen?«, fragte er, und wie auf Befehl ging Louise zu dem flachen Felsen vor ihnen, auf dem die Rucksäcke lagen.

Sie hatten Sandwiches mitgenommen, zwei mit Schinken, zwei mit Käse, für jeden ein hart gekochtes Ei und mehrere Äpfel; die Eier stammten vom Frühstücksbuffet des Hotels. In einer Thermosflasche war Kaffee.

André hielt die Stelle aufgrund ihrer Exponiertheit nicht für geeignet und deutete an, dass man sich vielleicht unter die Wettertanne setzen könnte; Louise stöhnte auf, wollte sich lieber gleich hier hinsetzen.

Schon bald wühlte sie in ihrem Rucksack und zog die Winterjacke heraus. Der Wind pfiff ihnen um die Ohren, strich ihre Haare – egal, wohin sie schauten – immer in dieselbe Richtung: zum Zickzack-Pfad, wo sie hergekommen waren, hinunter in das Tal, zurück zum Dorf mit dem Hotel.

Eine Serviette wurde davongeweht. Louise, die gerade zu essen begonnen hatte, fluchte leise und unverständlich, packte das Alupapier, das wie ein Teller auf ihren Oberschenkeln lag, deponierte es auf Andrés Oberschenkeln und rannte der Serviette hinterher.

»Hier kann man nicht essen«, sagte sie, als sie zurückkam und den Wind frontal im Gesicht hatte.

André zeigte auf die Wettertanne und schlug erneut vor, unter ihr Schutz zu suchen. Doch Louise hatte keine Lust, die ausgepackten Sachen so weit zu tragen. Sie wollte hinter einem Felsen essen, der wenige Meter von ihnen entfernt lag und den er auch bemerkt hatte, der jedoch zu rund war, um auf ihm zu picknicken.

Aber Louise wollte sich nicht auf ihm, sondern neben ihm niederlassen. Wie André vermutet hatte, war der Boden feucht; sie zogen ihre Regenjacken am Gesäß so weit herunter wie möglich und versuchten, sich daraufzusetzen. Der Fels war nicht eben groß; sie mussten eng zusammenrutschen, um beide vor dem Wind geschützt zu sein.

Er bemerkte, dass Louise bei jedem Windstoß zitterte und mit säuerlicher Miene vor sich hin schaute. Sie aß das von den tiefen Temperaturen kalt gewordene Ei, das ihr später schwer im Magen liegen würde, dann nippte sie am Kaffee, der kalt zu werden drohte. Das Sandwich lag noch immer auf dem Alupapier.

André aß mit großem Appetit. Mit Lust trank er aus der Wasserflasche; für ihn gab es nichts Besseres als Leitungswasser.

Erste Tropfen fielen, einzeln und schwer; wuchtig klatschten sie auf ihre Köpfe. André sah, wie ein solcher riesiger Tropfen, als Louise das Gesicht hob, auf ihre Nase prallte und zerstieb, auf die Wangen und in die Augen. Sie zuckte zusammen vor Schmerz; mit den Zeigefingern rieb sie die geschlossenen Lider. Dann prasselte der Regen los, und Louise hörte mit Reiben und Abtrocknen auf.

»Verdammt nochmal«, sagte sie, den Kaffee in der Hand, in den es hineinregnete und von dem bei jedem einzelnen Tropfen ein wenig herausspritzte.

»Unter die Wettertanne?«, fragte André.

Sie packten ihre Sachen zusammen und liefen durch den Wolkenbruch zur Tanne hinüber, André mit seinem Rucksack, dem Sandwich und der Wasserflasche, Louise mit Sandwich und Kaffeebecher. Sie setzte sich sofort ins Trockene; er lief noch einmal los, um ihren Rucksack zu holen.

Er wusste: Ein solcher Regen konnte in den Bergen, wenn die Wolken hängen blieben, lange anhalten. Wichtig war, dass die Kleider unter den Regenjacken nicht nass wurden und dass sie, was doch nass war, am Abend in der Hütte trocknen konnten. Ihre Schlafsäcke durften auf keinen Fall feucht werden; in den Rucksäcken waren sie jedoch gut geschützt.

Als er mit dem Rucksack bei Louise ankam, saß sie reglos da, die Unterarme auf die Knie gelegt, in der Hand den Kaffee, und starrte auf ein Stück Boden, das außerhalb des Schutzkreises der Tanne lag, vielleicht auf ein Büschel Gras, dessen Halme von den herunterfallenden Tropfen traktiert wurden wie vorher ihre Nase. Von dem Sandwich hatte sie nur einen oder zwei Bissen gegessen.

»Wir hätten uns also auch im Hotel einen schönen Tag machen können«, sagte sie, ohne ihn anzusehen.

»An einen Tag im Hotel würdest du dich später aber nicht erinnern«, sagte er, »an diesen hier schon.«

Sie schwieg. Er wusste nicht, ob sie über seine Worte nachdachte, unschlüssig, inwiefern er vielleicht Recht hatte, oder ob sie mit seiner Meinung nichts anfangen konnte. Sie schaute humorlos und trüb, so trüb wie das Wetter, dem Regen zu, den unzähligen Tropfen, die herunterfielen.

Dabei hatten sie Glück: Unter der Wettertanne blieb eine Fläche von etwa vier Quadratmetern trocken, ein Rastplatz von komfortabler Größe. André fühlte sich wohl unter den langen und dichten Tannenästen. Konnte es etwas Romantischeres geben, als hier zu sitzen, während es nebenan in Strömen regnete?

Bei den Pfadfindern hatten sie mit drei Militärblachen Zelte gebaut, sogenannte Gotthard-Zelte, die für drei Personen Platz boten. In einer Nacht, als es heftig und unaufhörlich regnete, hatte er als Fünfzehnjähriger mit einem Mädchen geknutscht; der Regen machte einen solchen Krach, dass man sie nicht hörte, und der Kamerad rechts außen schlief wie ein Bär, mit offenem Mund. Auf der Innenseite des Daches rannen in regelmäßigen Abständen Tropfen herunter, herunter zu den Füßen, und an einer anderen Stelle fielen gar welche mitten auf den Zeltboden. Aber das Mädchen und er lagen so eng umschlungen, dass sie nicht nass wurden oder zumindest nur wenig; dennoch hatten sie kaum schlafen können und blieben am Morgen noch lange liegen.

Das war Romantik! Wie viele verregnete Tage in Sommerlagern hatte er erlebt, an denen sie im Küchenzelt ausharren mussten, sich am Feuer wärmend, über dem einige Kleider zum Trocknen aufgehängt waren, die später penetrant nach Rauch rochen? Dieses Herumsitzen und In-den-Regen-hinaus-Starren kannte er nur zu gut – man durfte nicht depressiv werden, musste miteinander reden, ein Brett- oder Kartenspiel machen; am besten jedoch war, gemeinsam etwas zu kochen. Das half immer gegen eine sich schleichend verbreitende schlechte Stimmung.

André stand auf und schaute unter der Tanne hervor. Von der großen Ebene war noch weniger zu sehen als vorher; eine beinahe nächtliche Dunkelheit hatte sich auf sie gelegt, als verschwände in einem riesigen Rachen, wer diesen Weg auf sich nähme. Er wusste, dass man solche Eindrücke nicht ernst nehmen durfte; die Landschaft, die an einem Sonnentag harmlos und freundlich aussah, blieb auch bei schlechtem Wetter oder in der Nacht dieselbe.

Langsam, dann schneller rieb er die Hände aneinander,

tat kreisende Bewegungen mit der Hüfte, sprang dreimal hoch in die Luft. Ein wenig war ihm kalt geworden, und er wollte sich bereit machen zum Weiterwandern.

Louise hatte ihr Sandwich noch immer nicht aufgegessen.

»Was ist mit deinem Brötchen?«, fragte er. »Du solltest es essen, sonst fehlt dir später die Kraft. In den Bergen, wo man starke Steigungen hat, darf man das nicht unterschätzen.«

Sie schaute starr in den Regen hinaus, wie vorhin.

»Jetzt ist der Weg doch eben«, sagte sie. »Ich esse es dann in der Hütte.«

André, der sich Sorgen machte, gab zu bedenken, dass sie noch dreieinhalb, wenn nicht vier Stunden unterwegs sein würden, schweres Gepäck zu tragen hätten und der Weg auf der großen Ebene zwar nur leicht, aber stetig ansteige. Außerdem verbrauche man bei diesem Wetter mehr Energie als sonst.

»Na und«, sagte Louise. »Wir können dann wieder pausieren.«

6
Die Sturm-Ebene

Wer nicht hören will, muss fühlen, sagte André im Stillen zu sich selbst.

Er dachte an jenen Hike zurück, als er mit elf Jahren lernte, was »endloses Wandern mit schwerem Gepäck« bedeutete; er hatte den Fehler gemacht, nicht auf seinen Pfadfinderleiter zu hören, hatte den Rucksack nicht richtig gepackt. Viel zu viele Dinge hatte er mitgenommen, und diese Last wog so schwer, dass er bereits am Anfang des ersten Tages bei der ersten richtigen Steigung zurückfiel und zu kämpfen hatte. Wie demütigend war es gewesen, dass er, ein flotter kleiner Wanderer, in dieser Gruppe einer der Jüngsten, der sonst immer vorne mitlief, regelrecht »durchgereicht« wurde und schließlich als Letzter zwanzig Meter hinterhertrottete.

Bald hatte er sich mit den Kräften am Ende gefühlt. Doch am späten Nachmittag ließen auch die Kräfte der anderen nach, und er konnte wieder mithalten. Und am nächsten Tag, als die anderen jammerten und die Wandergruppe eine immer weiter auseinandergezogene Schlange bildete – da trumpfte er erst richtig auf! Diese Notreserve an Energie, die er bereits am Tag zuvor hatte anzapfen müssen, dieser Wille, es unbedingt zu schaffen, ermöglichten eine ungeheure Leistung. Stramm, zäh schritt er voran, den Blick vor sich auf den Boden gerichtet, die Daumen in den Schlaufen der Schultergurte, um die Schultern zu entlasten, die schmerzhafte, wunde Stelle im Kreuz, wo der Rucksack scheuerte, ignorierend – eine Maschine, die Bewegungen ausführte, ohne zu ermüden.

Nun überholte er nach und nach die anderen, gelangte zu dem vordersten Grüppchen, das einige Meter vor dem Pfadfinderleiter lief, überholte auch jenes und schritt, ganz in seinem Trott, voraus, steigerte das Tempo stetig, was sich von alleine ergab, bis er vom Leiter zurückgepfiffen wurde: er dürfe nicht zu schnell gehen, sonst falle die Gruppe auseinander, verliere man sich. Er spuckte zu Boden und schaute triumphierend zurück; die trugen doch alle nur das halbe Gepäck!

Ohne es zu bemerken, war André bei dieser Erinnerung schneller geworden. Ja, wenn Louise nicht hören wollte, so musste sie fühlen. Wie er damals.

Schon lief sie wieder dreißig Meter hinter ihm. Merkte sie nun, dass sie hätte essen sollen? Oder fehlte bei ihr, wie er vermutete, jeder Ehrgeiz? Er wollte sie nicht weiter zurückfallen lassen, nicht bei ihrem Gemütszustand. Er ahnte: sonst war die ganze Unternehmung in Gefahr.

Also mäßigte er sich und ging langsamer, trotz seines Ärgers. Obwohl er Louise am liebsten hier hätte stehen lassen und ihm so langsam gehend beinahe kalt wurde, versuchte er zu schlendern, zu trödeln, öfter nach links und rechts in Natur und Wetter hinauszublicken. Dabei wollte er eigentlich möglichst schnell in der Hütte sein. Sie mussten, was nass geworden war, trocknen. Außerdem konnten sie sich länger erholen, wenn sie noch einen Teil des Nachmittags oder wenigstens des frühen Abends in der warmen Hütte verbrachten. Das Wetter fraß ihnen sonst die Energie weg, sie hatten anstrengende Tage vor sich.

André glaubte zu bemerken, dass Louise auch langsamer geworden war, den Abstand zu ihm hielt.

Inzwischen klatschten die Tropfen nicht mehr groß und wuchtig herunter; der Fisselregen schmetterte seine kleinen Geschosse scharf gegen Hände und Gesicht, das André schützte, indem er zu Boden blickte. Er versuchte es den alten Zwergtannen gleichzutun, die vereinzelt oder in kleinen Grüppchen auf der Ebene standen und nur mit den Ästen wippten, ansonsten dem Wetter trotzten, wie sie es ihr Leben lang getan hatten. Sie waren bis jetzt nicht eingegangen, eine Leistung, die André achtete, aber ihr deformiertes Zwergendasein zeigte die Folgen dieses jahrzehntelangen Kampfes, und irgendwann, zu früh, würden sie verenden. Hätte man eine gesunde, große Fichte aus dem Flachland neben sie gestellt, wären die Zustände der verkrüppelten Tännchen erst richtig deutlich geworden.

Stoßweise, mit den Windböen schlug der Regen André und Louise entgegen. Er fitzte, sagten die Schweizer; ein Schmerz wie von einer Rute. Und sie kämpften sich mit der Last ihrer Rucksäcke genau in diese Richtung vor, bekamen frontal alles ab, konnten nur, um sich zu schützen, zu Boden blicken.

Dabei wäre die große Ebene bei schönem Wetter gefällig, geradezu gemütlich gewesen. Der Weg unterschied sich – erdig, steinig, mit Gräsern – nur unwesentlich von der kargen Alpwiese, passte geradezu harmonisch in das Tal. Abgesehen von wenigen leichten Kurven ging er geradeaus, stieg manchmal für einige Meter an und fiel nach der hügelartigen Erhöhung wieder ab. Vielleicht hätten bei schönem Wetter auf der Wiese, nicht weit entfernt, Kühe geweidet.

Bei schönem Wetter hätten die Berge heruntergeblickt wie gutmütige Riesen, im Schatten kleine Schneefelder weiß geleuchtet wie Augen. Und zwischen den Köpfen der versammelten Riesen, die sich über das ameisenhafte menschliche Treiben in der großen Ebene beugten, der tiefblaue Himmel mit einem blendenden, gelben Fleck, der Sonne.

Mit solchen poetischen Worten hatte André, im Winter noch, Louise diese Passage beschrieben, ihr später auch Bilder aus dem Internet gezeigt, als Beweis. Aber die Sonne hatten sie seit Beginn der Wanderung kein einziges Mal gesehen, nicht einmal ein Strahl oder wenigstens ein leicht durch die Wolken hindurch schimmerndes Gelb.

Ein rascher Blick nach hinten bestätigte André, dass Louise tatsächlich langsamer geworden, die Distanz zwischen ihnen gleich geblieben war. Sie wollte nicht aufholen! Er beschloss, dieses Verhalten ad absurdum zu führen, indem er das Tempo weiter drosselte. Er schlich in Schneckengeschwindigkeit, als hätte er Kreislaufprobleme und bräche gleich zusammen.

Es kostete ihn Kraft, so langsam wie ein Greis zu gehen. Aber er wollte herausfinden, was Louise tat, ob sie ihr Spiel aufgab oder es weiterführte, was lächerlich gewesen wäre.

Bei dieser die Konzentration fordernden Anstrengung entging ihm beinahe, dass der Regen nachgelassen hatte. Noch fielen Tropfen, aber er glaubte, dass es sich dabei um ein Auströpfeln des Regens handelte; bald fiele nichts mehr vom Himmel.

Kalt war es geworden. Längst hatte er die Ärmel der Regenjacke über die Hände gezogen. Er hoffte, dass es nicht zu schneien anfing – viel fehlte dazu nicht. Weiter oben, in den Höhen, die sie morgen erreichten, lag vielleicht Schnee, eine Vermutung, die ihn beunruhigte. Bei der Planung der Wanderung in Berlin, selbst noch hier, am Morgen im Hotel, war er davon ausgegangen, dass sie in höheren Lagen lediglich zwei-drei Schneefelder passieren mussten, kleine Felder, die das ganze Jahr über liegen blieben, auch im Hochsommer, und in die sie nicht weiter als bis zu den Knöcheln einsanken.

Doch falls es oben so heftig geschneit hatte wie unten Regen gefallen war, lag jetzt viel Schnee, und sie bräuchten Schneeschuhe, um nicht bei jedem Schritt bis zum Knie oder, schlimmer noch, bis zur Hüfte einzusinken. An diese Möglichkeit und die Konsequenzen, daran wollte André lieber nicht denken. Sie machten seine Laune, die wegen Louise nicht die beste war, noch schlechter. Seine Zeitberechnungen würde er neu machen müssen: statt vier bis fünf Kilometer pro Stunde würden sie nur noch zwei schaffen. Und das hieße: Abbruch der geplanten Wanderung und eine kürzere Route bestimmen.

Das durfte nicht sein. Er wollte hoch, ganz hinauf. Und Louise musste mitkommen.

Seit Wochen freute er sich auf die Kletterstrecke unter dem Gipfel, für die sie das Seil, mit dem sie sich gegenseitig sichern wollten, mitgenommen hatten. An der Außenseite seines Rucksacks befestigt, war es nass geworden; in der Hütte würde er es locker aufhängen, sodass es bis zum nächsten Tag wenigstens ansatzweise trocknete.

Louise und er gingen seit einem knappen halben Jahr in einer Halle klettern. Über Neujahr hatten sie den Toprope-Kurs gemacht, danach waren sie zweimal in der Woche im Toprope geklettert, bis ihnen Anfang März die Routen ausgingen. Louise kletterte sicher im Schwierigkeitsgrad sechs; er war dabei, die Sieben zu knacken. Also machten sie, wieder beim selben Lehrer, den Vorstiegskurs, und dann ging es los mit eigenem Seil und dem Einklicken von jenem in die Exen, was erheblich mehr Kraft benötigte. Sie begannen bei der Fünf, kletterten aber bald wieder in der Sechs.

Und jetzt ging es an eine richtige Bergwand. André hatte genau recherchiert: es handelte sich lediglich um neun Meter, direkt unterhalb des Gipfels, an einer Stelle sogar überhängend, aber klettertechnisch unter ihrem Niveau. Die Route würden sie locker bewältigen; sie war ein Spaß, eine Gaudi zum Abschluss der Wanderung. Vorausgesetzt, dass nicht alles vereist, es nicht so kalt war, dass die Finger steif wurden. Und selbst wenn: für die paar Meter benötigten sie nicht mehr als fünf Minuten.

Der Wind, der jetzt noch stärker wehte, sie regelrecht ausbremste, forderte André in angenehmer Weise heraus. Energisch kämpfte er sich durch ihn hindurch, wegen Louise im Schneckentempo, und hätte er nun die Bergwand vor sich gehabt – er wäre aus Freude gleich hochgestiegen, leicht und ohne einen Zweifel, sodass er das Seil nicht nötig gehabt hätte.

Vor Wochen hatte er von einem Kletterer in einem österreichischen Bergdorf gelesen, der in jungen Jahren stets ohne Seil hohe und schwierige Wände bezwungen hatte. Später beschrieb er in einem Buch, wie die Erfahrung, jederzeit abstürzen und sterben zu können, seinen Charakter geformt hatte.

Das imponierte André. Er dachte oft an den Österreicher, wenn sie in der Halle kletterten.

Louise schlich noch immer im selben Abstand hinterher. André blieb stehen, drehte sich zu ihr um und wartete. Er musste ein Wörtchen mit ihr reden; so konnte es nicht weitergehen.

Nach wenigen Schritten hielt auch Louise an, blieb dreißig Meter entfernt stehen. Sie sagte etwas, doch gegen den Sturm kamen ihre Worte nicht an.

»Was hast du gesagt?«, rief er übermäßig laut, obwohl seine Worte vom Wind zu ihr getragen wurden.

Sie winkte ab, legte den Rucksack zu Boden und zog den Goretex-Regenschutz aus. Sie verstaute die Winterjacke, die sie darunter getragen hatte, im Rucksack; offenbar war ihr wieder einmal zu warm geworden.

Kein Wunder, dass Louise ins Schwitzen gekommen war. Der Wind besaß eine solche Kraft, dass sie gegen ihn ankämpfen mussten, als ginge der Weg steil bergauf. An diese Möglichkeit hatte André bei seinen Berechnungen nicht gedacht; automatisch war er davon ausgegangen, dass der Weg auf der großen Ebene trotz der dreieinhalb Stunden Länge im Vergleich zur steilen Strecke vom Vormittag erholsam sein würde.

»Ist gut«, hörte er Louise rufen, und zweifelsfrei meinte sie damit, dass er weitergehen könne, sodass der Abstand zwischen ihnen gewahrt bliebe.

André ging nicht weiter. Er wollte nicht, dass Louise stets dreißig Meter hinter ihm herlief und ihre Ablehnung offen zur Schau stellte.

»Warum läufst du nicht mit mir?«, fragte er, als sie bei ihm angekommen war. »Warum lässt du dich ständig zurückfallen, als gehörten wir nicht zusammen?«

Das habe sie gar nicht bemerkt, antwortete Louise und fügte an, sie müsse ihr eigenes Tempo finden.

»Schön, du kannst mir ja Bescheid geben, wenn du es gefunden hast, damit ich mich deinem Tempo anpassen kann«, sagte er, ging langsam weiter und blickte immer wieder nach hinten, als wolle er prüfen, welche Geschwindigkeit Louise genehm war.

Der Wind, der in Böen kam, wehte ihnen wieder einzelne Tropfen ins Gesicht. Eine ganze Strecke weiter vorn, nah und doch fern, halb verschwunden im Regendunkel, erhob sich der nächste Minihügel, nichts weiter als eine Falte in der Ebene, nicht höher als die Erdanhäufung bei einer Straßenüberführung. Aber dieser unbedeutende Hügel bot sich an als Punkt zur Fixierung. André sah ihn näher und näher kommen, und als er auf ihm stand, konnte er undeutlich den nächsten Hügel erkennen.

Louise lief bereits wieder weit hinterher. Nach wenigen Metern schon hatte sie sich zurückfallen lassen, als sei ihr jedes Tempo, egal welches, zu schnell.

Erleichtert, keine Rücksicht mehr nehmen zu müssen, ging André in seinem Tempo weiter, zügig und federnd und dem Wind die Stirn bietend. Da sie es so wollte, kümmerte er sich nicht mehr um seine Freundin.

Ihm schien, als wären die kleinen Hügel im Dunkel der Wolken immer weniger gut erkennbar, und er machte sich Sorgen, dass bereits die Abenddämmerung eingesetzt haben könnte.

7

Um Rat bitten

Schweigsam, als hätten sie wie zwei Fremde einander nichts zu sagen, saßen sie an einem der Holztische, auf einer Eckbank einander halb zugewandt, und warteten darauf, die Bestellung aufgeben zu können. Die Bestellung und das Essen würden von der Stille ablenken, die längst unangenehm geworden war. André hatte einen Bärenhunger; ob auch Louise, deren Sandwich noch immer im Rucksack lag, hungrig war, wusste er nicht.

Der Wirt, ein Mann in ihrem Alter, stand noch bei einigen Gästen, die in einer anderen Ecke saßen. Er trug, die Ärmel hochgekrempelt, ein einfaches, beiges Hemd. Nur das modisch gestutzte Bärtchen hob ihn von anderen, älteren Einheimischen ab, die weniger auf ihr Äußeres achteten. Er besaß einen gut genährten Körper; gemütlich stand er da bei den anderen Gästen, als hätten André und Louise ewig Zeit.

Die in die Jahre gekommene Steinhütte lag auf über 2500 Metern über Meer, besaß kleine Fenster mit leuchtend roten Läden und war innen mit Holz, teilweise mit Arvenholz, verkleidet. Kaum hatten sie die Gaststube betreten, wies André auf den Duft des Arvenholzes hin, von dem er bereits vor Wochen erzählt hatte, und er pries ihn noch einmal an, so lange, bis Louise halb zustimmte und halb dagegenhielt, dass die Einrichtung bieder sei.

Seither schwieg André. Selbstverständlich war die Inneneinrichtung einer Berghütte volkstümlich und spießig: rustikale Holzmöbel mit altmodischen Sitzpolstern, an den Wänden Kuhglocken und Fahnen mit Schweizerkreuzen – aber was erwartete Louise? Moderne Architektur?

Sie waren spät an ihrem Tagesziel angelangt, nach Beginn der Abenddämmerung, die wegen der schwarzen Regenwolken bereits am Nachmittag eingesetzt hatte, aber noch vor der nicht zu unterschätzenden Dunkelheit. Die Hütte hätten sie zwar leuchten sehen, aber vielleicht wären sie vorher vom Weg abgekommen oder unglücklich über Steine gestolpert. Wobei: André wusste von unzähligen Nachtwanderungen bei den Pfadfindern, wie man im Dunkeln ging, nämlich ohne Taschenlampe oder Laterne, leuchtete der Weg doch stets oder hob sich zumindest mit einem hellen Schein ab. Ging man im Wald, brauchte man nur nach oben zu blicken: die Kronen der Bäume ließen genau über dem Weg eine Schneise frei, und der Himmel leuchtete hell.

Diesmal hätten allerdings die schwarzen Wolken für tiefe Dunkelheit gesorgt. Und dennoch hätte der steinige, felsige Weg geleuchtet, wenn auch minimal, und wäre selbst dies mit dem Auge nicht mehr erkennbar gewesen, hätten sie getrost die Augen schließen und sich auf das Gefühl in ihren Füßen verlassen können. André war überzeugt: Man musste mit der Natur verschmelzen, um zu überleben, musste mit ihr und nicht gegen sie arbeiten. Von Taschenlampen und anderem technischen Kram hielt er nichts.

Nach der großen Ebene, als sie, nass und vom schneidenden Wind wie durchweht, beide mit leichten Kopfschmerzen nichts dagegen gehabt hätten, bereits bei der Hütte zu sein, war noch einmal ein steiles Stück mit einer Steigung von dreihundert Höhenmetern gefolgt, für das sie eine gute Stunde benötigten. Auf einmal war Louise schneller geworden; sie wollte endlich ankommen.

Zu Andrés Erstaunen sprach der Wirt, als er an ihrem Tisch stand, nicht Schweizerdeutsch, sondern Deutsch.

»Die Flädlesuppe kann ich euch empfehlen«, sagte er.

Louise hob den Kopf und lächelte den Deutschen an. »Dann probiere ich diese Flädlesuppe«, sagte sie, so aufgeschlossen, wie sie den ganzen Tag nicht gewesen war. »Und danach ein Kotelett mit Nudeln und Gemüse. Woher aus Deutschland kommen Sie?«

»Aus dem Erzgebirge. Und du bist auch aus dem Osten?«

Als komme sie einer solchen Aufforderung nur zu gerne nach, duzte Louise ihn auch, sagte, sie sei aus Mecklenburg-Vorpommern, wohne aber seit Jahren in Berlin.

Wie alte Bekannte – wie kam es, dass Leute aus der ehemaligen DDR sich gegenseitig erkannten? – sprachen sie eine Weile so weiter, zu Andrés Verdruss, der sich ausgeschlossen fühlte und sich ärgerte, dass Louise zu Fremden freundlicher war als zu ihm. Dann endlich ging der Wirt wieder seiner Arbeit nach.

Aber schon brachte er die Flädlesuppen, auch André hatte eine bestellt, und einen gut gefüllten Korb mit Brot. Während Louise und der Wirt ihre Unterhaltung wieder aufnahmen, begann André zu essen. Er hörte nicht zu, was sie redeten; er fand dieses Gespräch unnütz, eine Ablenkung von dem Essen, ohne Bedeutung, bald Vergangenheit.

André löffelte seine Flädlesuppe, die ihm schmeckte, aber die er dennoch nicht genießen konnte, weil der Deutsche sie empfohlen hatte. Noch etwas ärgerte ihn: Ohne Louise davon zu erzählen, hatte er vorgehabt, den Wirt zu fragen, ob er ihnen die geplante Wanderung bei diesem Wetter empfehlen könne, oder ob sie eine andere Route wählen sollten. Auf die Leute in den Bergen, sei es ein altes Bäuerchen, ein junger Wirt, der Fahrer eines Postautos oder sonst jemand, war Verlass; die kannten sich aus. Dass jedoch ein Deutscher in der Hütte arbeitete, damit hatte André nicht gerechnet. Es gefiel ihm nicht. Er wollte einen Einheimischen um Rat bitten, aber nicht einen Neuling in den Bergen, einen deutschen Saisonnier, im Grunde ein deutscher Tourist.

Und dass die an diesem Tag so schweigsame Louise auf einmal gesprächig war, als sei sie allein unterwegs und froh, jemanden für eine Unterhaltung gefunden zu haben, missfiel André noch mehr, machte es ihm unmöglich, den Wirt um Rat zu bitten.

Jetzt erzählte der Deutsche, dass er seit zwei Jahren in dieser Hütte arbeite, im Sommer und im Winter. Und Louise, die fragte ihn begeistert aus, sprach mit ihm, als sei er, André, nicht da oder zumindest nicht ihr Freund.

Vorher, sagte der Deutsche, habe er ein Jahr bei einem Bauern auf einer Alp verbracht und gelernt, Kühe und Ziegen zu melken.

»Woher bist du?«, fragte der Wirt, als wolle er André mit in das Gespräch einbeziehen.

Aus Zürich, aber er wohne schon lange in Berlin, antwortete er kurz.

Er löffelte seine Suppe. Nein, er dachte nicht daran, den Deutschen um Rat zu bitten. Dieser kam aus dem Erzgebirge, sozusagen aus dem Flachland, konnte ihnen daher nicht helfen, würde höchstens mit allgemeinen Aussagen um sich werfen und, da er nicht verantwortlich gemacht werden wollte, ihnen von dem Vorhaben abraten.

André nahm ein Stück Brot aus dem Korb und riss es in der Mitte auseinander; die eine Hälfte legte er zurück, mit der anderen begann er, seinen leer gegessenen Teller auszuwischen. Vollgesaugt und nach Suppe schmeckend war das Brot noch besser, aber genießen konnte er es auch nicht.

Jetzt ging der Deutsche, verschwand in der Küche.

»Ist es lecker?«, fragte André Louise, die wie ein braves Kind aß, was der Deutsche ihr gebracht hatte.

»Ja«, sagte sie und aß weiter, als sei keine Zeit für ein Gespräch.

Er nahm die zweite Hälfte aus dem Brotkorb und begann, sie zu verzehren, um die Zeit bis zur Hauptspeise zu überbrücken und Louise gegenüber einen beschäftigten Eindruck zu machen. Er blickte dorthin, wo die anderen Gäste saßen, eine Gruppe sportlich aussehender Leute, die, wie es schien, öfter in den Bergen unterwegs waren.

Wieder dachte er, nun versöhnlicher, an den Deutschen, und er fragte sich, weshalb es ihm so schwerfiel, ihn um Rat zu bitten. Er hatte nichts gegen Deutsche, auch nichts gegen andere Ausländer, im Gegenteil: in Diskussionen vertrat er stets die Meinung, dass sie eine Bereicherung für die Schweiz darstellten. In Berlin war er selber ein Ausländer, wie konnte er also etwas gegen sie haben? Nein, darum ging es nicht, sondern um eine unterschwellige Abneigung, die tief in ihm drin war und gegen die er kaum etwas zu tun vermochte.

Auch nach Jahren in Berlin fiel es ihm beispielsweise schwer, bei einem Fußballspiel für die Deutschen zu sein. Und dies, obwohl ihm ihr Spiel gefiel, eines, das schön anzusehen, das angriffslustig war und meist viele Tore zur Folge hatte. Und dennoch: es ging nicht. Stets waren ihm die anderen sympathischer, die Italiener oder andere Südländer, die Tschechen oder andere Außenseiter, die Argentinier, die Kolumbianer, die weniger perfekt spielten, aber als Kinder auf der Straße ihr Talent entwickelt hatten.

Einige Spiele lang bei einer Europameisterschaft hatte

er sich aktiv darum bemüht, für die Deutschen zu sein – und schnell wieder aufgegeben. Der Verstand machte mit, aber die Gefühle: keine Spur.

Seine Abneigung richtete sich nicht gegen einzelne Menschen, schließlich war er mit Louise zusammen und hatte mehrere deutsche Freunde, sondern gegen die Menschen als Gruppe und gegen den Staat. Einzelne Deutsche mochte er nur dann nicht, wenn sie als Wirt in einer Berghütte auftauchten, wenn sie irgendwo auftauchten, wo sie nicht hingehörten. Jetzt also auch hier. Die Berge waren doch bald das letzte Refugium, das den Schweizern gegenüber den Deutschen verblieben war. Überall hörte man Leute Deutsch sprechen, in den Universitäten, bei Firmen, in Zürich auf der Straße – auch in den Bergen kam man offenbar nicht mehr darum herum.

Aber was konnte der Wirt dafür? Er war ein kontaktfreudiger, vermutlich sogar ein gutmütiger Mensch. In Berlin hätte er sich vielleicht länger mit ihm unterhalten.

Er beschloss, freundlich, ja freundschaftlich zu dem Wirt zu sein, ihn aber wegen der Route nicht um Rat zu fragen.

Noch immer saßen André und Louise so schweigsam nebeneinander wie vorher, als warteten sie, dass der Wirt käme und mit seiner offenen, liebevollen Art, Konversation zu machen, sie erlöste. Endlich kam er, räumte die Teller ab und fragte, wie es geschmeckt habe.

Louise warf mit Komplimenten um sich.

Kaum war der Wirt gegangen, verfielen sie wieder in

ihr Schweigen. Die Leute in der anderen Ecke unterhielten sich gut gelaunt und tranken Rotwein, aber, wie es schien, jeder nur ein kleines Glas. Bestimmt hatten sie morgen auch eine anstrengende Strecke vor sich.

Oder täuschte der Eindruck, tranken sie alle mehrere Gläser und wanderten morgen gemütlich, anspruchslos vor sich hin?

8

Kein falscher Ehrgeiz

Um halb neun machten sie sich bereit zum Schlafen. Noch während des Essens waren sie müde geworden, langsam, sie bemerkten es kaum, aber als sie nach der Hauptspeise dasaßen, jeder für sich, durchdrang die Müdigkeit sie mit feiner Gewalt.

Sie entschieden, schlafen zu gehen – eine gute Idee, sie mussten morgen wieder fit sein. Und was konnte man in einer Berghütte auch tun, wenn man nicht miteinander sprechen wollte?

Der kleine Schlag in der zweiten Etage war mit zwei Reihen Matratzen ausgestattet, die eine unten, die andere oben, über eine Leiter zu erreichen. André hatte vorgeschlagen, unten zu schlafen, da oben die Luft schlecht wurde, wenn der Schlag voll war, wovon aufgrund des Gepäcks, das dalag, ausgegangen werden musste. Aber Louise wollte oben schlafen. Also reservierten sie dort zwei Matratzen, indem sie einige Kleidungsstücke darauflegten. Die Schlafsäcke brauchten sie nicht; Kissen und Decken waren vorhanden.

Nach dem Zähneputzen ging André noch einmal nach unten, an der Gaststube vorbei vor die Tür. Unter dem winzigen Vordach stand er eine Weile da und blickte in den Nieselregen hinaus. Im Schein der Fenster sah er die herunterflitzenden Tröpfchen, so klein, dass aus ihnen leicht Graupel oder Schnee werden konnte. Nein, das Wetter spielte nicht mit. Es war kalt geworden. Sank die Temperatur um weitere ein, zwei Grad, begänne es zu schneien.

Der Wind, der am Nachmittag noch kräftig gewesen war, hatte sich gelegt. Unterhalb der Hütte, am Wegesrand, glänzte im Fensterlicht ein sesselgroßer Stein, der André bereits bei der Ankunft aufgefallen war. Die etwas weiter entfernten gelben Schilder des Wegweisers, die in vier oder fünf Richtungen zeigten, hoben sich schwach von der Dunkelheit ab.

André musste bis morgen entscheiden, wie es mit der geplanten Wanderung weiterging. Da er den Wirt nicht fragen wollte, musste er selber überlegen, das Dafür und Dawider sorgfältig abwägen und eine Entscheidung treffen, die ausschließlich von der Vernunft bestimmt war und nicht von falschem Ehrgeiz oder seinen Wünschen.

Die bei solchen Unternehmungen üblichen Fragen mussten gestellt werden. War die geplante Erstürmung des Gipfels bei diesen Wetterverhältnissen verantwortbar? Wie stand es um ihre Kräfte? Und wie um die Stimmung, die Moral? André wusste: Allein die Spannung zwischen Louise und ihm, der schwelende Groll gegeneinander, der jeden Moment in Streit ausarten konnte, hätte als Rechtfertigung genügt, die Route anzupassen, eine zu wählen, die keine besonderen Herausforderungen stellte.

Und falls es in der Nacht zu schneien anfing, falls es richtig viel Schnee gab, sodass sie bis über die Knie darin versanken, wäre es dumm, die geplante Wanderung stur wie ein Esel durchziehen zu wollen. Er war erfahren genug, um sich nicht von solchem falschen Ehrgeiz leiten zu lassen.

André kehrte in den Schlag zurück, wo Louise bereits bis zu den Ohren eingebettet dalag. Sie schlug die Augen auf, als er sich auszog, aber nur, um ihm gute Nacht zu wünschen.

Nur kurz lagen sie nebeneinander auf dem Rücken, wie sie es üblicherweise taten, aber sie lagen nicht nah genug, dass ihre Arme sich berührten, und schon gar nicht lagen sie sich in den Armen. Dann drehten sie sich beide zur Seite, voneinander weg.

Nach einem tiefen Schlaf, noch vor Mitternacht, erwachte André; er schwitzte und konnte wegen der stickigen Luft nur schlecht atmen. Er war wegen Louise aufgewacht, die sich zu ihm hingedreht hatte und, wie er vermutete, schon länger wach lag.

Ob er auch nicht schlafen könne, flüsterte sie.

In der unteren Bettreihe schnarchte jemand, ein typisches männliches Schnarchen. Offenbar hatten sich auch die anderen Gäste schlafen gelegt; vermutlich handelte es sich um jene, die sie in der Gaststube gesehen hatten.

»Doch, ich kann schlafen«, antwortete André, als Zeichen, dass er in Ruhe gelassen werden wollte. Er blieb von Louise abgewandt liegen, wollte gleich wieder einzuschlafen versuchen, nicht ein Gespräch beginnen. Aber solche Botschaften, unausgesprochen und doch deutlich, überging Louise meistens.

Er spürte, dass das Einschlafen nicht sogleich gelänge, und untersagte sich jede Bewegung, harrte reglos aus, auf dass er wieder hinüberglitt in den Schlaf, doch Louises unruhige Bewegungen lenkten ihn ab; er fragte sich, was sie da machte, weshalb sie nicht Ruhe gab, ihn nicht schlafen ließ. Er regte sich auf, im Stillen, ohne etwas zu sagen oder sich zu bewegen, aber in Gedanken hielt er einen Monolog, schimpfte mit Louise, forderte sie verärgert auf, endlich Ruhe zu geben.

Ein zweites Mal erwachte er um drei Uhr. Die Luft war noch stickiger geworden, und es roch wie unter einer riesigen, mehrere Personen wärmenden Bettdecke. Louise saß aufrecht neben ihm. Sie müsse auf die Toilette, sagte sie, als sie sah, dass auch er wach geworden war, blieb jedoch sitzen.

Er drehte sich von ihr weg, zog die Decke über das Ohr.

»André«, flüsterte sie.

»Was?«

»Ich muss auf Toilette.«

»Dann geh!«, giftete er leise, aber scharf zu ihr hinüber.

»Die Leiter«, sagte sie, zeigte zum anderen Ende der Matratzenreihe und wollte wissen, wie sie da hinkomme, ohne alle aufzuwecken.

»Klettre einfach ohne Leiter runter«, sagte André mit

geschlossenen Augen, als sei die Sache damit ein für alle Mal erledigt.

»Ein anderer Mann würde mir die Leiter bringen«, warf sie ihm vor, »aber du denkst wie immer nur an dich. Du weißt nicht, wie man mit einer Frau umgeht.«

Wütend erhob er sich, sprang, sich am Bettrahmen festhaltend, zu Boden, holte geräuschlos die Leiter und stellte sie vor Louises Matratze hin.

»So viel zum Thema Emanzipation«, flüsterte er, damit es die anderen nicht hörten.

Während Louise barfuß die Leiter herunterkletterte, wuchtete er sich wieder hoch in die obere Bettreihe. Schon trieb ihm die Wärme den Schweiß auf die Stirn, und die Luft war so schlecht, dass er lieber draußen im Zelt übernachtet hätte.

Es gelang ihm nicht, gleich wieder einzuschlafen. Nach einiger Zeit hörte er, wie Louise zurückkam, die Wanderschuhe, in die sie barfuß geschlüpft war, auszog und langsam die Leiter hochstieg.

9
Entschluss zum Abstieg

Allmählich wurde das Wachsein von der Zeit gerechtfertigt; es war halb sieben Uhr morgens. André dachte daran, diese Nacht abzuhaken und aufzustehen, drehte sich aber noch einmal um und überlegte, welche Alternativroute infrage käme und wann er Louise eröffnen sollte, dass aus der geplanten Wanderung nichts würde, dass nun Zeit vorhanden sei, an einem Ort zu bleiben und dort einen oder mehrere Tage zu verbringen. Über den Gedanken schlief er ein, und diese knappe Stunde empfand er, wieder wach geworden, als ebenso erholsam wie die gesamte Nacht davor.

Er stand auf, ging in das Bad, anschließend die Treppe hinunter und öffnete die Haustür. Grelles Licht blendete ihn – und tatsächlich: durch die gespreizten Finger, die er schützend vor die Augen hielt, sah er, dass der Himmel tiefblau war und Schnee lag. Er trat in das Weiß hinaus: eine lockere, knöcheltiefe Schicht, mehr nicht. Er hatte fünfzig Zentimeter oder mehr erwartet. Die Sonne besaß schon jetzt eine Wärme, dass es eine Freude war. Vermutlich würde sie die dünne Schicht Schnee in wenigen Stunden weggeschmolzen haben.

Vielleicht war bei diesem Wetter die geplante Wanderung doch möglich? Das Kletterseil, das noch nicht vollständig getrocknet war, konnte er vor dem Frühstück für ein Stündchen draußen an die Sonne legen, die über Stuhllehnen gehängten Hosen waren bereits über Nacht getrocknet; bei Aufbruch wäre ihre Ausrüstung voll einsatzfähig und hätte wieder Normalgewicht.

Zweifelsfrei war in höheren Lagen mehr Schnee, zumindest musste er davon ausgehen. Ein Teil davon würde im Laufe des Tages schmelzen; die Morgensonne versprach sommerlich hohe Temperaturen. Es brauchte nicht viel Optimismus, um zu hoffen, dass die Kletterpartie schneefrei sein würde; an einer senkrechten Wand blieb lediglich in den Ritzen und Tritten ein wenig Schnee liegen, der bald geschmolzen sein würde. Vermutlich würden die zwei Stunden vorher wegen tiefen Schnees anstrengend werden; ein Teil davon war ein steiler Aufstieg, der andere hoch oben ein schmaler Grat. Im schlimmsten Fall bräuchten sie für diese Passagen vier oder, mit Pausen, viereinhalb bis fünf Stunden.

Doch wenn man das Vorhaben von der anderen, der Kontraseite betrachtete, schien es trotz Sonne und warmen Temperaturen viel zu riskant. Auf 3500 Metern über Meer lag vermutlich so viel Schnee, dass sie hier, tausend Meter weiter unten, nicht einmal in der Lage waren, sich die Konsequenzen vorzustellen: bei jedem Schritt den Fuß bis zur Hüfte anheben, dabei auf dem anderen Bein den Körper mit dem Gewicht des Rucksacks balancieren, jeder Schritt eine Kraftanstrengung; langsamstes Vorankommen, bei dem selbst die Bewältigung von hundert Metern wie eine Ewigkeit erschien; erhebliche Verschlechterung der Moral, der ohnehin angeschlagenen Stimmung; möglicherweise eine hohe Lawinengefahr, sodass bei jedem Hang von Neuem entschieden werden musste, ob und wie er passierbar war. Hinzu kam die Tatsache, dass ein Wetterumschwung hin zu Schneefall, Regen oder, vielleicht am schlimmsten, starkem Nebel jederzeit und in wenigen Minuten möglich war.

Nüchtern betrachtet gab es nur eine Antwort, die von Verantwortungsbewusstsein zeugte: Abbruch der geplanten Wanderung!

André kratzte sich am Nacken. Der Fehler war in Berlin geschehen, als er ohne nachzudenken davon ausgegangen war, dass die Route um diese Jahreszeit machbar sei. Sie im Hochsommer oder in einem Spätsommer in Angriff zu nehmen, das wäre klug gewesen. Selbst dann hätte sie ihre Kräfte herausgefordert, vor allem die von Louise.

Die Entscheidung war gefallen. Jetzt hatten sie keine Eile mehr.

Gemütlich stapfte André durch den Schnee, der einige Meter von der Hütte entfernt, wo die Sonne hinschien, nur noch wenige Zentimeter tief war, ging zu dem Wegweiser und studierte die Schilder. Wenn er die Wanderkarte richtig im Kopf hatte – sämtliche Alternativrouten waren von ihm lediglich zu Beginn der Planung kurz betrachtet worden –, führte der eine Weg auf einem breiten Grat und in nur leichter Steigung durch ein beidseitiges Panorama, das Louise gefallen musste. Später ging es bergab; irgendwo könnten sie ihr Zelt aufspannen und übernachten und am nächsten Tag weiter abwärts zu einem Dorf wandern, wo Züge oder Postautos fuhren.

In der Vorstellung fühlte sich diese Alternativroute minimalistisch an; doch was blieb ihnen anderes übrig, es ging um ihre Sicherheit! Und bestimmt war dieser Weg auch schön, zumindest bequem, was Vorteile hatte – weshalb sich die ursprünglich geplante Tortur antun?

Als André sich umdrehte, sah er, dass Louise aus der Berghütte trat. Sie streckte sich, und ihr Gesicht strahlte, zum ersten Mal auf der Wanderung, vielleicht wegen des Wetters!

Sie gingen aufeinander zu. Louise trug nur ein T-Shirt, fror an der Sonne jedoch nicht. Arm an Arm standen sie da, André spürte, wie die Härchen an seinen Unterarmen sich an Louises Haut, an ihren wenigen und viel feineren Härchen festhakten, und sie blickten auf die Berge, die wie putzige, gutmütige Riesen ihre Häupter sonnten, nebeneinander stehend brav eine Reihe bildeten wie Kinder in der Schule. Die weißen Spitzen, die wie Mützen aussahen, reichten weit in den Himmel hinauf, als könnten sie ihn berühren; das makellose Blau machte froh.

Auch das Tal war besonnt, winzig hoben die kleinen Dörfer und Häusergruppen, da und dort auch eine einzelne Hütte sich farblich ab, aber das Dorf, von dem aus sie gestartet waren, blieb hinter dem Berg, auf dem sie standen, verborgen. André fiel auf, dass der sesselgroße Stein, der am vergangenen Abend noch im Regen geglänzt hatte, bereits trockene Stellen aufwies – bald konnte man sich auf ihn setzen und picknicken. Wahrscheinlich war am Nachmittag selbst die Wiese trocken genug, dass man sich hinlegen und sonnen konnte. Die gemütliche Alternativroute ließ solche Pausen zu; ab nun kannten sie weder Eile noch ein ehrgeiziges Ziel, sie konnten genießen. André war stolz, diese weise Entscheidung getroffen zu haben.

»Danke«, sagte Louise auf einmal und nahm seine Hand. »Es ist wunderschön hier! Ohne dich wäre ich nicht hierhergekommen und wenn, hätte ich wegen des Regens gleich aufgegeben.«

10

Harmonie

Sie frühstückten gemütlich, wie sie es an einem freien Tag zu Hause taten, tranken Kaffee und aßen Brot, auf das André eine dicke, Louise eine dünne Schicht Butter strich. Der Bergblumenhonig stammte aus der Region. Marmelade gab es keine, dafür Kuh- und Ziegenkäse von Tieren, die, wie der Deutsche erzählt hatte, weiter unten am Berg weideten. Die Milch stand in einem Krug auf dem Tisch, wie wenn sie frisch vom Stall käme, doch sie war pasteurisiert; Milch direkt von der Kuh hätten die meisten Gäste nicht getrunken. André hatte einmal bei den Pfadfindern, als sie einem Bauern beim Melken zusahen, probiert, und zwei Schlucke hatten ihm gereicht.

»Sollten wir uns nicht beeilen?«, fragte Louise.

André winkte ab und erklärte, dass es besser sei, eine andere Route zu wählen; er bezweifle, dass die geplante Wanderung zu schaffen sei.

Louise hielt inne.

»Es hat Schnee gegeben«, sagte er. »Ich denke, wir sollten den Panoramaweg nehmen, da haben wir nur eine leichte Steigung und eine tolle Aussicht, und später geht es nur noch bergab. Wir können auch einen oder zwei Tage an einem Ort bleiben und faulenzen, den Urlaub genießen.«

»Wie?«, fragte Louise.

Er erklärte noch einmal, dass eine Alternativroute vernünftiger sei, da er nicht wisse, wie viel Schnee weiter oben liege und ob sie sich kräftemäßig übernähmen. Es sei klüger, die geplante Wanderung in einem Hochsommer oder Spätsommer zu machen.

»Nein«, sagte sie.

Irritiert schaute sie ihn an, dann auf den Tisch. »Jetzt ist endlich das Wetter gut, und du willst nicht mehr hoch?«

Sie klang enttäuscht und frustriert, sagte, sie wolle sich gestern nicht umsonst durch Nebel und Regen hochgekämpft haben, und machte den Vorschlag, wie geplant weiterzugehen. Wenn es tatsächlich Probleme gäbe, könne man immer noch umkehren.

»Hm«, machte André.

»Du hast mich gestern den Berg hochgetrieben«, sagte Louise, nun auf einmal kokett, »und jetzt machst du schlapp?«

Er lächelte. So gefiel ihm seine Freundin, herausfordernd und gut gelaunt, unternehmungsfreudig und humorvoll provozierend, und wenn sie beide so harmonierten, wie es an diesem Morgen der Fall war, dann waren sie als Team unschlagbar.

»Hm …«, machte er noch einmal.

»Ja!«, sagte sie.

Er blickte aus dem geöffneten Fenster, strahlender Himmel, wuchtige Sonne, beinahe konnte man dem

Schmelzen des Schnees zusehen. Vielleicht war seine Entscheidung von zu viel Pessimismus geleitet gewesen?

»Na dann«, sagte er und fügte hinzu, sie müssten viel essen und sich bald auf die Socken machen. Obwohl er satt war, nahm er eine weitere dicke Scheibe Brot und schmierte so viel Butter darauf, als wolle er sich für einen Winterschlaf rüsten.

Eine halbe Stunde später waren sie abmarschbereit. Auch die geplante Wanderung folgte ein Stück weit dem Panoramaweg, aber von der Hütte aus in die andere Richtung. Louise, die ein leichtes T-Shirt trug und für einmal nicht zu warm angezogen war, schritt in einem Tempo voran, dass er Mühe hatte mitzuhalten. Sie liefen nebeneinander her, Hand in Hand, sie rannten beinahe, als wollten sie den Gipfel stürmen. Links und rechts ein wildes Meer aus Berggipfeln, -kämmen, -buckeln und -zacken mit grünen, grauen und weißen Flecken vor himmelblauem Hintergrund. Und sie alle sahen nicht aus wie Berge, eher wie Berglein, kleine, niedliche Zwerge. Nur direkt vor ihnen erhob sich ein großer – der ihrige, ein Felsmassiv, dessen Ausmaße sie in der Vorstellung nur schwer erfassen konnten: dieser verwinkelte Kasten mit weißen und grauen Flächen füllte beinahe den ganzen Blickwinkel, war nur dünn umrahmt von kleinen Bergen im Hintergrund und dem Himmel. Der Gipfel lag versteckt, irgendwo hinten, weit in der Höhe.

»Wir müssen nach oben«, sagte Louise, »ich will hinauf!«

Der Schnee schmolz dahin. Längst war die Alpwiese, auf der sie wanderten, weiß-grün gescheckt; überall gab es größer und größer werdende Löcher im Schnee, die das Grün und die eine oder andere Blume freigaben, gelbe und weiße Blümchen, die auf dem kargen Boden gediehen und gerade wegen ihrer bescheidenen Einfachheit besondere, kleine Schönheiten waren.

Kein Wind wehte und wenn, war er sanft und eine willkommene Erfrischung. Selbst auf dem erdigen, weichen Weg wuchs kurzes Gras, das nach und nach zum Vorschein kam; blickten sie beim Gehen zur Seite, schaukelten die Berge im Himmelmeer lustig wie dahintreibende Eisschollen. Sie sahen aus, als lägen sie tiefer, als wären sie allesamt niedriger als der Panoramaweg. André wusste, dass dies eine Täuschung war.

Unten im Tal flogen Vögel, dann welche auf ihrer Höhe, als wollten sie dabei sein bei der Wanderung. Schon flogen sie voraus und hinauf; der Gipfel war nur Flügelschläge entfernt.

Weder Louise noch André machte die leichte Steigung zu schaffen; sie hätten die Strecke auch joggen können, so leicht fühlte sie sich an – nach dem langen und steilen Weg vom Vortag!

Einmal hielt André an, zeigte auf ein Steinfeld unter ihnen, das kaum noch von Schnee bedeckt war, und machte Louise auf ein – nach der harten Winterzeit – erstaunlich gut genährtes Murmeltier aufmerksam, das da stand, pfiff und verschwand.

Nach lockeren zwei Stunden erreichten sie das Ende des Panoramaweges, wo sie, da ein steiler Aufstieg begann, eine Pause machten. Einige Meter neben dem Weg, am Fuße der Erhebung, fanden sie eine sonnige und durch Felsen geschützte Stelle, einen angenehmen kleinen Platz für eine Rast. Obwohl sie zu spät aufgebrochen waren, lagen sie gut in der Zeit; sie konnten die Pause ohne schlechtes Gewissen ausdehnen.

Zuerst tranken sie reichlich Wasser, waren sie doch ins Schwitzen gekommen; Louise gönnte sich einen Kaffee, dann aßen sie je einen von den Getreideriegeln, die sie mitgenommen hatten. Sie bekamen noch mehr Appetit und aßen die Brötchen, aßen gleich zu Mittag. Der Deutsche hatte sie zubereitet, wie auch den Kaffee; bereits am Vorabend hatten sie das Lunchpaket bei ihm bestellt. Mit dem Schinken und den Essiggurken waren die Brote nahrhaft und angenehm saftig.

Sie taten gut daran, richtig zu essen; es war kurz vor zwölf, und der Nachmittag würde streng werden. Zum Glück war es nicht allzu heiß geworden, sondern gerade so warm, dass sie an ihrer windgeschützten Stelle in der Sonne sitzen konnten, ohne sich etwas überziehen zu müssen. Auch Louise fror nicht, obwohl sie noch immer ihr T-Shirt trug. Und die Steine, auf denen sie wie auf niedrigen Stühlen saßen, hatten die Wärme der Sonne gespeichert und fühlten sich wohlig an.

Steine gab es hier mehr als noch hundert oder zweihundert Meter zuvor; die Alpwiese löste sich auf und wurde zur Steinwüste. André und Louise rasteten auf der Grenze, da, wo die Erde, in der mageres Gras wuchs, steinig wurde und wo auf den Felsen aber noch ausreichend Erde lag, damit anspruchslose Pflanzen gediehen. Nur wenige Meter oberhalb begann ein Schuttfeld, wo man Steine von idealer Größe für eine Feuerstelle hätte finden können.

André beobachtete, wie auf dem Boden eine Ameise raste, wohin – wer wusste es. Durch die Luft flogen fette Fliegen, und Louise erwähnte das Murmeltier, von dem sie besonders angetan war. Sie hatte zum ersten Mal eines gesehen und mochte sein Aussehen, das ihrer Meinung nach den Bibern ähnelte, die es in Mecklenburg-Vorpommern gab.

Die Geräusche der kleinen Tiere und der Duft der Steine und Gräser fühlten sich schon richtig sommerlich an; hier ließ es sich leben, wenn auch nur für eine ausgedehnte Rast.

Louise kaute das letzte Stück von dem Brötchen, dann lehnte sie sich zurück an den Fels. Er war mit Flechten bewachsen, und Louise schien ihr Haar absichtlich daraufzulegen, so wohl fühlte sie sich. Aber der Fels war mit oder ohne Flechten reinlich, viel reinlicher als irgendein Stein, eine Baumrinde oder ein Stück sumpfigen Bodens auf der Mecklenburgischen Seenplatte gewesen wären – wobei dort feuchte Gebiete auf einmal in trockene, sandige, mit Kiefern bewachsene übergingen, die auch reinliche Stellen hatten.

»Hier kann man sich wunderbar sonnen«, sagte Louise, »die Felsen sind wie Liegestühle.«

»Du musst dich ausziehen«, sagte André foppend, und zu seinem Erstaunen begann Louise tatsächlich, ihre Kleider abzulegen. Erst als ihr Oberkörper nackt war und sie die Hose ausziehen wollte, fiel ihr ein, dass sie sich die Wanderschuhe aufschnüren musste. Er stellte sich Louise vollständig unbekleidet vor, lediglich mit den schweren Wanderschuhen an den Füßen, die dadurch größer wirkten, wie bei einer Comicfigur.

Als Louise mit ihrem nackten Hintern auf dem Felsen hin und her rutschte, um die bequemste Stelle zu finden, lehnte André sich zu ihr hinüber und begann, sie zu küssen.

Er sagte, von oben könne man sie sehen, und zeigte auf den Wanderweg, der über ihnen im Zickzack hinaufging.

Louise schaute kurz hoch. »Das macht nichts«, sagte sie.

Sie liebten sich schnell und gierig, weder liegend, da zu unbequem, noch stehend – auf allen vieren auf geradezu animalische Art. André mochte ihren mageren Körper sehr; nichts Überflüssiges gab es an ihm, er war wunderbar funktional.

Ob man hier FKK machen könne, fragte Louise, als sie fertig waren. Er sagte, dass dies unüblich sei, aber niemand die Behörden verständigen werde.

»Lou, du solltest die Wanderschuhe wieder anziehen«, mahnte er, »sonst schwellen die Füße auf.«

11
Im Steinhang

Endlich begann die Wanderung, begann, was André unter einer richtigen Wanderung verstand.

Sie schritten auf großen Steinen, Schutt, Steinchen in der Größe von Sandkörnern, auf blankem Fels, und sie stiegen mehr, als dass sie schritten; selbst die steilsten Stücke des Vortages waren nicht so steil gewesen wie dieser Anstieg. Sie standen in Tritten und nahmen Stufen, sie rutschten und stützten sich ab auf den Oberschenkeln. Mit den Oberkörpern nach vorn geneigt, blickten sie auf den grauen Weg, der in der Sonne glänzte wie Metall. Geschmeidig abgeschliffen waren manche Steine, als lägen sie in einem Bachbett, vom strömenden Wasser gerundet – geschliffen wurden sie hier vom Regen und den festen Schuhen der Wanderer.

Links und rechts bildeten beckengroße Steine, sesselgroße Felsen und welche, die nicht kleiner als Zelte oder Gartenhäuschen waren, ein wildes Feld, das zu durchschreiten nicht einfach gewesen wäre, zumal es so steil lag, dass man hätte klettern müssen.

Hier war der Schnee geschmolzen. Nur in den Löchern, die es im Steinfeld gab, zumeist unter großen Felsen, lag noch wässriges, verschmutztes Weiß, fast unsichtbar, wenn man nicht genau hinschaute.

André wusste: diese Kargheit hoch im Gebirge konnte Fremde entmutigen. Auf der einen Seite ging es steil und weit hinunter, Hunderte Meter bis zum grünen, fruchtbaren Tal, und man konnte Angst bekommen, aus dieser mörderischen Höhe hinunterzustürzen; auf der anderen Seite ging es steil und hoch hinauf, immer noch steiler, immer noch höher, grauer und felsiger bis zum lohnenden Gipfel. Und hier, in der Mitte, eine Steinöde. Nicht geeignet für eine Rast, weil man nicht mehr weiterwollte, -konnte, geschweige denn für einen längeren Aufenthalt. Man musste weiter, entweder hinauf oder hinunter.

André gefiel diese Herausforderung. Für ihn gab es nur eines: hinauf! Gerne wäre er schneller gegangen, doch er zwang sich, langsam zu gehen, damit Louise die Freude nicht verlor.

Sie ging einige Meter unter ihm, die Daumen in den Schlaufen der Schultergurte, den Blick konzentriert vor sich auf den Boden gerichtet. Die Anstrengung schien sie zu erschöpfen, aber nicht zu überfordern. Louises Körper pochte, glühte wie nach langem, ausdauerndem Sex. In der Körperhaltung, die sie beim Aufstieg einnahm, sah sie anders aus als bei den Wanderungen auf der Mecklenburgischen Seenplatte, und dennoch traute André ihr im Moment zu, dass sie nicht müde wurde, sondern wie zu Hause noch lange wandern konnte.

Der Weg lief nur manchmal im Zickzack, oft führte er steil und schräg hinauf, da in den Felsen kein Raum war für eine Wendung. Schaute André zurück, sah er eine zerklüftete Berglandschaft, den Zähnen wilder Tiere oder denjenigen einer Säge ähnelnde Gipfel, einzelne schroffe Felsen, die wie von einem Riesen hingelegt aussahen, dunkle, im Schatten liegende Spalten, Löcher und kleine Täler, hellgraue Schluchten, in denen immer wieder Erde und Schutt rutschte, offene Narben am Berg, aber auch karg mit niedrigem Grün bewachsene Felsen, beschwichtigend oder tröstend.

Am Rand des Pfades wuchs wenig Gras, da und dort einzelne, kleine Flächen. Noch gab es Leben.

Die Sonne hatte inzwischen eine fordernde Wärme erreicht, eine gewisse Hitze; André schwitzte, spürte jedoch nicht im Ansatz Kopfschmerzen. Er stieg weiter, wollte, obwohl er durstig war, noch die siebzig oder hundert Höhenmeter hinauf, etwa zwanzig Minuten, wo der Weg verschwand, in einen kleinen Platz überging, ein Plateau, von dem aus die Aussicht überwältigend war.

Bei einem Blick nach unten sah er, dass Louise stehen geblieben war – aber kaum hatte sie ihn gesehen, ging sie weiter, als habe sie nicht stehen bleiben, nur schnell etwas nachschauen wollen.

Wieder sah er auf einem größeren Felsen eine der rotweißen Wegmarkierungen, nach denen er sich seit dem Vormittag orientierte. Da es nur einen Weg gab, brauchte er die Karte nicht, höchstens, um die Distanz abzuschätzen.

An diesem Nachmittag hatten sie sich einiges vorgenommen. Erst der steile, zweistündige Weg, von dem ihnen noch ein Viertel blieb, dann das Auf und Ab eines Panoramaweges, der hügelig wie eine überdimensionierte Buckelpiste und somit kräfteraubend war: ein Kamm, bei dem es wenige Meter neben dem Weg links und rechts steil hinunterging, lebensgefährlich. Für diesen Weg benötigten sie nach Andrés Berechnungen knapp drei Stunden; er endete bei der nächsten großen Erhebung, wo sie ihr Zelt aufspannen wollten, bei ihrem Berg, den sie am dritten Tag bezwingen würden, inklusive der finalen Kletterpartie!

André schritt energischer voran. Sie hatten noch viel vor sich, und jede Passage, jeden Meter auf dem Weg zum Ziel wollte er lieber gleich bewältigt haben als später. Er scheute sich nicht, ihr ehrgeiziges Vorhaben zielgerichtet in Angriff zu nehmen; bloß keine Zurückhaltung, keine Unsicherheit aufkommen lassen! Im Nu wäre der Wille nicht mehr da, die Kraft verschwunden. Man durfte mit Zweifeln erst gar nicht beginnen, niemals. Wer daran zweifelte, dass er die Strecke schaffte, hatte bereits verloren, innerlich kapituliert.

Auch Louise marschierte wie ein aufgezogenes Maschinchen, zwar einige Höhenmeter unter ihm, aber gleichmäßig, in ihrem Tempo.

Gut so. Sie würde auch den Abschnitt schaffen, den er soeben in Angriff genommen hatte, einen noch steileren. Der Weg verwandelte sich hier mehr und mehr in eine Treppe. Die Stufen bestanden zumeist aus großen Steinen, manchmal Erderhebungen, und waren höher als Treppenstufen, durchaus kniehoch; ab und an reichte eine sogar bis zur Mitte des Oberschenkels. Man musste sie mit Schwung, ganz selbstverständlich nehmen, den Fuß sorgfältig daraufstellen, damit man nicht stolperte oder abrutschte, und dann hopp!, wie eine Feder, mit geradem Rücken, als mache das Spaß und brauche keine Kraft – mühelos musste man hochfedern.

Zweifelsfrei würde eine Häufung solcher Stufen sie mit ihren schweren Rucksäcken innert kürzester Zeit physisch erledigen. Aber daran durfte man nicht denken! Man musste die Stufen einfach niedertrampeln, wie die hässlichen Namen, die manche Deutschen ihren armen Töchtern gaben.

Schon hatte André die Passage besiegt. Er lachte über die Herausforderung, die der Weg ihm gestellt hatte und die keine echte gewesen war, und beschleunigte jetzt auf dem steilen, aber stufenlosen Steinpfad umso stärker, wie zum Hohn. In einigen Minuten würde er das Plateau erreicht haben, und erst von dort oben würde er sich nach Louise umsehen und schauen, wo sie blieb. Er wollte ihr demonstrieren, wie leicht es ging, dass man sich nicht einschüchtern lassen durfte, dass man große Stufen einfach nehmen musste, die einzelnen spitzen Herausforderungen mit seinem Willen niedermähen!

Das wilde Steinfeld war inzwischen milder geworden; es gab weniger kleine und mittelgroße Steine, beinahe nur noch riesige, glatte Felsen. Und sie gingen auf diesen Felsen, waren dabei, diesen Berg, diesen Wal zu bezwingen. Die Aussicht war überwältigend! Er war gespannt auf Louises Meinung.

André federte Schritt für Schritt dem Zwischenziel entgegen, und er hätte gleich wieder hinunter- und noch einmal heraufsteigen können, so leicht fiel es ihm. Alles lief glatt, er hatte die Wanderung richtig geplant, die Kräfte richtig eingeschätzt: in gut drei Stunden würden sie den Fuß ihres Berges erreicht und den Feierabend verdient haben; dann schnell das Zelt aufspannen und kochen und den Sonnenuntergang genießen, schlafen, und dann – dann konnten sie endlich ansetzen zur Bezwingung des Riesen und die einzige richtige Herausforderung, nämlich die letzten Stunden unterhalb des Gipfels und die Kletterpartie, in Angriff nehmen.

Auf diesen morgigen Tag freute André sich besonders. Er wollte mit Louise das Vorhaben schaffen, ihr zeigen, dass es ging, dass sie dieses Abenteuer stemmen konnten, hatte Louise doch bei der Planung einige Zweifel gehabt.

Noch fünfzig Meter trennten ihn von dem Plateau; gleich war er oben. Er erhöhte noch einmal das Tempo. In jeder Faser seines Körpers steckten ganze Vorräte an Energie, und es war gut, auf den letzten Metern den Puls hochzutreiben, das reinigte, putzte die Gefäße durch, genau so, wie wenn man den Motor eines Autos ab und an für wenige Sekunden auf eine hohe Drehzahl brachte, damit er seine Spritzigkeit behielt.

Das Plateau war eine kleine, an den Rändern abfallende Fläche, lang gezogen wie der Rücken eines Tieres. Ein heftiger Windstoß kämmte André das Haar zurück; so etwas nahm er hin wie eine Streicheleinheit. Ließ man die Aussicht außer Acht, gab es hier oben nichts Besonderes, auch nicht einen jener Miniseen, die man oft in den Bergen vorfand; dafür war die Ebene zu klein.

Mit seiner Leistung war er zufrieden. Das Zwischenziel in der geplanten Zeit erreicht zu haben machte ihn froh, aber nicht übermäßig; er hatte nichts anderes erwartet. Und das Plateau markierte nur das Ende einer Etappe, einer zwar nicht leichten, aber im Großen gesehen unbedeutenden. Das Tagesziel war noch drei Stunden entfernt; er hätte sogleich weitergehen können.

André trat an den Rand des Abhangs und sah hinunter, hinunter zu Louise.

Sie war noch Minuten von ihm entfernt, ein kleines Mädchen, ein Strichlein in der Landschaft, das sich zu ihm heraufmühte. Sie blieb stehen, legte die Hand an einen gut zweieinhalb oder drei Meter hohen Felsen am Wegrand, stützte sich ab, die Stirn auf den Unterarm gelegt. Sie schaute zu ihm hoch, als versuche sie abzuschätzen, wie viel Kraft das letzte Stück noch brauchte.

André winkte fröhlich. »Ist nicht mehr weit!«, rief er hinunter.

Sie ließ den Felsen los, zog, wie André erkennen konnte, den Hüftgurt und die Schultergurte an und ging weiter. Aus dieser Entfernung sah sie wie eine aufrecht gehende Ameise aus, die beharrlich ihre Last trug. Allerdings eine, die sich für eine Ameise zu ruhig, zu lahm bewegte; Louise schritt gemächlich voran, aber es schien, als könne sie dieses Tempo halten.

Da er einige Minuten warten musste, setzte André sich auf einen Stein, der aussah wie ein menschengroßes, platt daliegendes Ei und auch für eine längere Rast bequem genug war. Er genoss das Panorama, die unzähligen grauen und weißen Gipfel, ihre verspielte Anordnung, wie sie sich dem blauen Himmel entgegenstreckten …

Die Idee, Louise die Ankunft mit bereitgehaltener Wasserflasche, mit Kaffee und Schokolade zu verschönern, fand er gut; erst jetzt fiel ihm ein, dass auch er etwas trinken sollte. Das Wasser schmeckte noch frisch; er stellte die Flasche neben sich auf den Stein und suchte im Rucksack nach der Thermosflasche mit dem Kaffee und der Schokolade, die sich etwas weiter unten befand, legte alles neben die Wasserflasche, dazu einen Apfel. Auch der Apfel würde Louise guttun.

Endlich konnte er sie hören; kleinste Steinchen, die auf dem Felsen lagen und von den Schuhsohlen unter Druck weggeschoben wurden, machten quietschende Geräusche. Das war vorhin auch bei ihm so gewesen. Und ein großer Stein, der nicht fest war und schaukelte, wenn man am vorderen oder am hinteren Ende auf ihn trat, gab ein dumpfes Geräusch von sich, ein unheimliches Höhlengeräusch.

»Ah«, sagte Louise, »bin ich bleich?«

»Wie?«, fragte er und erhob sich, um ihr den Rucksack abzunehmen.

»Ich fragte, ob ich bleich bin. Kannst du nicht einfach gucken?«

»Bleich? Nein«, antwortete er, schaute sie jedoch genauer an. Ihr Gesicht war rot, bestens mit Sauerstoff versorgt, und auf ihrer Stirn klebten feine Schweißtropfen.

»Hier ist Wasser«, sagte er und zeigte mit der Hand zum Stein, »Kaffee, Schokolade und ein Apfel.«

Ohne sich zu bedanken, ging Louise hin und trank und trank, trank beinahe die ganze Wasserflasche leer. »Diese Steine«, sagte sie dann, »überall diese Steine.«

André setzte sich neben sie, empfahl ihr die Schokolade und versuchte sie damit zu trösten, dass sie heute keine solche argen und langen Steigungen mehr hätten.

Mit den Fingern zupfte sie an ihrem festklebenden T-Shirt, oberhalb der Brust, am Bauch, am Rücken, wo der Rucksack aufgelegen hatte, und an den Seiten des Oberkörpers. Sie fuhr sich mit dem Unterarm über die Stirn und verschränkte die Arme; hier oben war der Wind frisch.

»Die Steigung ist ja nicht das Problem«, erwiderte sie säuerlich. »Aber diese Felsen! Überall dieses Grau!«

Er schaute sie fragend an, schaute in ihr Gesicht, auf ihre Brust, und ihm war, als könnte er ihr rasendes Herz hören, die Pulsschläge an der Schläfe sehen – und auch am Hals zuckte etwas.

»Verstehe«, sagte er. »Aber keine Sorge, das geht vorbei. Spätestens morgen …«

»Puh«, machte Louise, als wolle sie nichts mehr hören.

Er gab Ruhe, aß seinen Apfel, den er aus dem Rucksack hervorgekramt hatte. Er wusste, dass manche ungeübten Wanderer Schwierigkeiten bekamen, wenn sich oberhalb der Baumgrenze die grüne Natur nach und nach in eine graue, steinige verwandelte. Diese Leute klagten über Unwohlsein, Augenprobleme, sogar über leichten Schwindel – das hatte er alles schon gehört, wenn auch selber noch nie erlebt. Bei den Pfadfindern hatte keiner mit den Steinfeldern Probleme gehabt.

»Das ist nur psychisch«, sagte er. »Versuche nicht darauf zu achten; du wirst dich bald daran gewöhnt haben. In den nächsten drei Stunden wirst du weniger Felsen und mehr Panorama, mehr Himmel sehen.«

12

Der unerbittliche Buckelgrat

Das exponierte Plateau lud nicht zu einer längeren Pause ein; die starken Windböen stürmten ungehindert über sie hinweg, es gab keinen Schutz. Und Zeit war auch nicht: die erste Hälfte des Nachmittags war vorüber, und sie hatten noch gut drei anstrengende Stunden vor sich.

Louise wusste das, und dennoch legte sie sich auf dem eiförmigen Stein hin, den Kopf auf den Rucksack gebettet. André ahnte: Sie wartete nur darauf, dass er zum Aufbruch drängte, dann hatte sie einen Grund, sich zu beschweren.

Er schwieg, wusste nicht, weshalb ihre Laune wieder schlechter war. Am Morgen war sie diejenige gewesen, die unbedingt die Wanderung hatte machen wollen. Vermutlich blieb sie nun so lange liegen, bis er weiterwandern wollte und sie ihm Vorwürfe machen konnte. Louise war oft launisch, vor allem während ihrer Tage, und er hatte gelernt, damit umzugehen, lernte es noch immer. Rief sie ihn an, konnte er nicht selten allein am Klang ihrer ersten Worte hören, dass sie ihre Tage hatte. Ein solches Gespräch begann manchmal ohne Begrüßung, Louise sagte unwirsch: »Nimmst du heute das Telefon nicht ab?« oder: »Willst du nicht mit mir sprechen?« – nur weil er auf der Toilette gewesen war und das Telefon notgedrungen einige Zeit hatte klingeln lassen müssen.

Das Resultat war, dass er in diesen Zeiten tatsächlich weniger gerne mit ihr sprach, was wiederum Louises Vorwürfe bestätigte. Ein Teufelskreis, der oft gerade dann, wenn er ausweglos schlimm geworden war, gebrochen wurde: Louises Stimme klang bestens gelaunt und verkündete scherzend, die Tage seien vorbei und er diesmal besonders lieb und geduldig gewesen. Dann lachte Louise. Nicht immer lachte er mit.

Er wusste, dass sie ihre Menstruation während dieser Wandertage nicht bekam. Und er dachte an die letzte Rast vor etwas mehr als zwei Stunden, bei der sie sich geliebt hatten. Wie sehr unterschied sich die jetzige Stimmung von jener bei der Mittagspause!

Er bemerkte, dass Louise eingeschlafen war. Verärgert stand er auf und tat einige Schritte. Die Zeit lief ihnen davon! Er wollte nachher nicht Louises schlechte Laune ertragen müssen, weil sie spät am Abend ankamen und gleich mit Kochen beginnen mussten, ohne sich vorher erholen zu können.

»Louise«, sagte er leise und berührte ihre Schulter, »es tut mir leid, aber …«

Sie schreckte hoch, rieb sich fröstelnd die Arme, obwohl sie ihre Jacke angezogen hatte, und schaute sich um. »Diese Steine«, sagte sie, »überall diese grauen Felsen!«

»Ja«, sagte er, »so ist es in den Bergen.«

»Wären wir nur an die Müritz gefahren, dann könnte ich jetzt am Wasser liegen und ein Eis essen.«

Du und deine bekloppte Seenplatte!, hätte er am liebsten gesagt, unterließ es aber.

»Ich hatte heute Morgen vorgeschlagen, eine andere Route zu gehen, es gemütlich zu nehmen. Du wolltest nicht.«

»Ja. Weil ich weiß, was dir diese Wanderung bedeutet.«

Er schwieg, verärgert.

»Überübermorgen«, sagte er schließlich, einen neuen Anlauf nehmend, um die Dinge ins Lot zu bringen, »wenn wir wieder unten sind, kaufe ich dir ein Eis.«

Louise gähnte. Sie streckte sich.

»Über-über-morgen«, sagte sie, als versuche sie sich vorzustellen, wie lange das noch dauere und wie viele Wanderstunden, Steilhänge, hohe Tritte vorher zu bewältigen seien.

Endlich marschierten sie weiter. Der steinige Grat, der keinerlei Schutz vor dem Wind bot, war lediglich fünf oder sechs Meter breit. In der Mitte lag der Weg, kaum oder gar nicht sichtbar, da alles Fels war, aber wo sonst als in der Mitte sollte der Weg sein?

Als André einmal die Mitte verließ und sich der einen Seite näherte, die zuerst leicht abfiel, dann beinahe senkrecht nach unten ging, fünf bis zehn Meter, wo die Wand weniger steil, beinahe flach wurde und sich Schutt angesammelt hatte, rief Louise erschrocken, er solle das unterlassen und sofort wieder herkommen.

»Vielleicht würde man überleben«, sagte er lächelnd, »es ist nicht ganz senkrecht, man würde eher rutschen als fallen.«

»Hör auf!«, befahl Louise.

Nachdem er noch einmal hinuntergeschaut hatte, ging er zu ihr zurück. Sie müsse keine Angst haben, sagte er, er passe gut auf, wo er hintrete.

Nun durften sie keine Zeit mehr vertrödeln. Sie wanderten in flottem Tempo, und die Strecke gestaltete sich ebenso abwechslungsreich wie anstrengend: der Weg lag einmal auf dem Grat, dann auf der einen Seite einige Meter unterhalb, stets jedoch gab es dieses vergnügliche und kein Ende nehmen wollende Auf und Ab. Sie stiegen zehn, zwanzig, dreißig Meter hoch auf einen kleinen Gipfel, und kaum waren sie oben angekommen, ging es ebenso steil wieder hinunter, dann, um eine leichte Kurve biegend, wieder fünf Minuten hoch, drei Minuten hinunter …

Die abfallenden Teile waren nicht weniger anstrengend, im Gegenteil, das Körper- und Rucksackgewicht ging beim Abstieg voll in die Knie, in die Fußgelenke, und die Schienbeinmuskeln würden am nächsten Tag schmerzen, daran bestand kein Zweifel.

Überhaupt: Muskelkater. Den hatten sie bereits, obwohl sie doch zu Hause oft und lange unterwegs gewesen waren. Aber beim Auf- und Abstieg wurden andere Muskeln gebraucht, und selbst die harmlosen Abstiege bei der großen Ebene, die durchsetzt von einigen niedrigen Hügeln gewesen war, hatten bereits zu Muskelkater in den Schienbeinen geführt, der sich jetzt noch verstärken würde. Ansonsten: Muskelkater in den Waden und Oberschenkeln, am Hintern; Druckstellen an der Hüfte und an den Schultern. Aber an den Füßen keine Blasen, weder bei Louise noch bei André.

Dieser Achterbahnweg konnte ohne Übertreiben als paradiesisch bezeichnet werden. Von Einöde keine Spur. Wegen der Erhebungen, Hügel oder eher: Zacken und der Kurven – denn manchmal führte der Weg nicht über das gebirgige Hindernis, sondern um es herum – sahen sie nicht, wie es weiterging, was stets neue Überraschungen brachte. Allerdings war auch kein Ende absehbar. Das kräfteraubende Auf und Ab glich einem Intervalltraining, wobei die abfallenden Passagen bei einem solchen Training die Erholungsphasen gewesen wären. Doch sie mussten die Spannung halten, sonst wären sie ins Laufen gekommen und vielleicht hingefallen oder hätten sich den Knöchel gestaucht; sie mussten ständig abbremsen, das drückende Gewicht ihres Rucksacks und ihr eigenes – kurz und gut: auf der einen Seite der Erhebung das Gewicht hochschleppen, auf der anderen Seite das nach unten stoßende Gewicht bremsen.

André hatte bei der Planung anhand der Höhenkurven auf der Karte gesehen, dass zwischen dem Start und dem Ziel des dreistündigen Weges lediglich neunzig Höhenmeter Differenz lag; wären die Hügel dazwischen nicht gewesen, hätten sie einen beinahe ebenen, leicht aufsteigenden Spaziergang vor sich gehabt. Doch wegen des ständigen Auf und Abs betrug die tatsächliche Steigung, die sie zu bewältigen hatten, etwa vierhundert Meter, das Gefälle gut dreihundert.

Aber die Landschaft – ein Traum. Die Lage bot Sicht auf schönste Berge, in breite Täler und verlassenste Tälchen, auf Schnee und Wald, Bauernhöfe und Bergdörfer. Und während auf den Erhebungen die Sonne schien, wanderten sie in den Senkungen oft im erfrischenden Schatten. Zwischen den Steinen wuchs Gras, wuchsen karge Blümchen.

André dachte daran, Louise, die einige Meter hinter ihm lief, hier noch einmal zu verführen. Obwohl sie sich erst vor wenigen Stunden geliebt hatten, war seine Lust bereits zurückgekehrt, vielleicht erst richtig angeregt worden. Er stellte sich eine Gruppe von Frauen vor, die wie sie diesen Weg gingen, zuerst spärlich bekleidet, dann nackt, lediglich die Füße in Wanderschuhen. Sie alle besaßen androgyne, magere Körper, wie er sie mochte, wie Louise.

Augenblicklich wollte er stehen bleiben und, wenn sie bei ihm angekommen war, sie küssen, sie hinter einen großen Stein zerren, ihre Hose öffnen, herunterziehen und ihren kleinen, kindlichen Hintern anfassen, in seiner drückenden Hand verschwinden lassen. Aber jetzt eine weitere Pause zu machen ließ die Zeit nicht zu – obwohl diese kleine Sexpause nur wenige Minuten gedauert hätte, so flüchtig gewesen wäre wie ein Kuss während des Gehens.

Er deutete eine Hüpfbewegung an, damit der Rucksack nach oben sprang und er die Schultergurte anziehen konnte. Auch den Hüftgurt zog er an, damit die Last nicht zu sehr auf den Schultern lag.

»André«, hörte er von hinten Louise rufen.

Er blieb stehen und drehte sich zu ihr um, was ein leichtes Wanken des Oberkörpers zur Folge hatte. Die Beine waren so stark an das stundenlange Wandern gewöhnt, dass ein plötzliches Stehenbleiben nicht einfach war, wie wenn man lange im Meer bei einigem Wellengang geschwommen war und, zurück am Strand, sich kaum auf den Beinen halten konnte, weil der Gleichgewichtssinn noch immer die Wellen auszugleichen versuchte.

»Ja?«, fragte er. »Alles gut?«

»Na ja«, sagte sie und blieb stehen, wo sie war, einige Meter entfernt. Sie beugte den Oberkörper nach vorn und stützte sich mit den Händen auf den Knien ab, eine Haltung, die sicherlich viel Kraft brauchte, aber das Gewicht des Rucksacks kurz verlagerte.

»So siehst du aus, als hättest du eine Rakete auf dem Rücken«, witzelte er.

»Dann kann ich ja ins nächste Dorf fliegen.«

»Nicht auf den Berg hoch?«

»Doch«, sagte sie, »natürlich auf deinen Berg hoch!«

Offenbar war Louises Laune nicht besser geworden. Dabei kamen sie ordentlich voran, und für eine Flachländerin schlug Louise sich gut.

»Ich finde, du schlägst dich gut«, sagte André.

»Aber trotzdem bin ich geschlagen.«

»Ach Quatsch!«

Er ging ihr entgegen. Am liebsten hätte er sie geküsst und ihr die Kleider ausgezogen, hielt dies aber für keine gute Idee. Stattdessen legte er die Hand auf ihre Schulter und sagte, dass der Weg wirklich anstrengend sei, dieses ewige Rauf und Runter, das schlage auf die Psyche.

Nachdem sie genickt hatte – er wusste nicht, wie er dieses Nicken interpretieren musste –, hob er den Arm und schaute auf die Uhr.

»Noch eineinhalb Stunden.«

Einen Moment lang dachte er über diese Zeitangabe nach. War es noch weit oder ein Klacks? Die Anstrengungen von gestern und den vergangenen Stunden spürte auch er in den Knochen. Ohne Zweifel würde er die verbleibende Strecke schaffen, ohne wirklich an seine Grenzen zu stoßen, aber dieses Auf und Ab forderte ihn, wurde zu einem kleinen, nicht ernstlichen Kampf, aber dennoch zu einem Kampf.

André fragte sich, ob er, wenn an dieser Stelle ihr Tagesziel wäre, zufrieden mit seiner Leistung den Abend genießen würde, ohne das Gefühl, zu wenig weit gewandert zu sein. Und er gestand sich ein, was er Louise jedoch nicht erzählen würde, dass die heutige Strecke bis hierher nicht schlecht gewesen wäre, weder zu kurz noch zu lang, eine Herausforderung, aber nicht eine Überforderung, kräftemäßig keineswegs zu lasch, aber doch so, dass er noch genügend Reserven für den morgigen, besonders anstrengenden Tag hätte.

Aber für ihn war es auch in Ordnung, noch eineinhalb Stunden weiterzulaufen. Eine Zugabe, die seine Reserven vielleicht anzapfte, nur wenig, nicht der Rede wert – über Nacht würde sein Körper sich vollständig erholen.

Louise schaute seitwärts, den Kopf leicht gesenkt, zum Hang, wo wenige Meter von ihnen entfernt Steine lagen, die sie kaum noch hätten hochheben können. Ihr Kopf bewegte sich nicht. Was mochte sie in ihrer Lethargie denken? Den Blick auf die Steine gerichtet, schien es, als würde sie selbst zu Stein.

Auf einmal bewegte sie das Gesicht leicht hin und her, eine verneinende Bewegung.

»Also …«, sagte sie lahm, »diese Steinöde ist nichts für mich.«

Er atmete tief ein und aus. Er hatte ihr Bilder gezeigt, sie mehrmals gefragt, ob die Wanderung für sie in Ordnung sei. Aber sie hatte nicht wissen können, dass ihr die Kargheit nicht bekam.

»Es tut mir leid«, sagte er. »Aber glaube mir, man gewöhnt sich daran, morgen wird es bestimmt besser gehen.«

»Ja.«

Louise ging ein paar Schritte weiter.

»Na los«, sagte er, und scherzend fügte er an: »Wir haben keine andere Möglichkeit, als zum Ziel zu gelangen.«

André trieb seine müden Beine voran. Ihr Widerstand – ein Schmerz, eine Schwere – war stärker, als er gedacht hatte, und er beschloss, nicht mehr stehen zu bleiben. Kaum blieb er stehen, wurden die Beine zu Blei, setzte bei ihnen eine Erholungsphase ein, eine Art Schlaf. Nun würde es einige Minuten dauern, bis sie eingelaufen wären, bis er sie wieder, buchstäblich, in Gang gebracht hätte. Noch immer ein Schmerz wie bei einem Muskelkater. Vermutlich war es Muskelkater.

Einige Minuten später liefen die Beine wieder wie von selbst, auch wenn sie nach jedem Schritt bereit zur Ruhe gewesen wären, er merkte es. Und es gefiel ihm. Diese eineinhalb Stündchen gefordert zu werden, ein wenig durchbeißen zu müssen, konnte nicht schaden.

Der Weg setzte sein Auf und Ab fort, manchmal eng schlängelnd, eine Übung für die Geschicklichkeit der Beine, ein Test, ob man noch flink genug oder bereits zu müde war.

André lächelte. Er sauste durch den Slalomweg, nahm ihn wie ein Gokartfahrer und war mit seiner Wendigkeit zufrieden.

Er hängte die Daumen in die Schlaufen der Schultergurte und stürzte sich in den nächsten Aufstieg, pflügte sich hoch, bereits wieder in seinem ausdauernden Trott.

Dann blieb er doch noch einmal stehen, zeigte mit dem Arm hinunter, wo der Berg flacher wurde, bevor er erneut steil abfiel, und wo sich von dem Grau nur schwach eine Gämse abhob, deren Beine, wie sie da stand, wie gekreuzt aussahen.

Etwas schien mit ihr nicht zu stimmen; sie wirkte ausgehungert, kränklich, als hätte sie den Winter nur knapp überstanden. Louise entdeckte sie erst, als sie sich in Bewegung gesetzt hatte. Auch André ging weiter. Eine Gämse zu sehen war für ihn so selbstverständlich wie ein Murmeltier oder die Vögel, die so leicht dahinflogen, als wollten sie sie verspotten.

Beim jetzigen Abstieg, dem steilsten bisher, fünfzig Meter, die er mit einem Fahrrad, selbst mit einem Mountainbike bei angezogenen Bremsen nicht hätte hinunterfahren wollen, spürte er eine Stelle am kleinen Zeh schmerzen, oben an der Seite, aber zu einer echten Wanderung gehörte eine Blase. Er lief auch mit wunden Füßen; alles schon gehabt.

Er ging in die Hocke, so steil war der Weg, stieg seitwärts hinunter, stützte sich mit der rechten Hand an festliegenden Steinen ab. Er wartete auf Louise, um ihr zu helfen. Auch sie suchte mit der rechten Hand nach Halt, beugte das bergseitige Bein stark und streckte das andere, gab ihm die linke Hand. So gelangte sie herunter, ohne ins Rutschen zu kommen.

Nach fünf oder sechs Stunden Anstrengung eine solche Kletterei – das musste man mit Humor nehmen, und deshalb war es eine Wohltat!

Wenige Schritte später ging es ebenso steil wieder hinauf. Der Weg verlief im Hang wie eine tiefe Furche, eine riesige Wasserrinne, und es war ratsam, die Hände zu Hilfe zu nehmen, sich an den Wänden abzustützen, um das Gleichgewicht nicht zu verlieren.

Unversehens stand André vor einer senkrechten Erhebung, einem riesigen Tritt, der ihm bis zum Brustbein reichte. »Haha«, sagte er, »da will uns jemand auf den Arm nehmen«, und mit »jemand« meinte er den Weg.

Er sprang, stützte sich mit den Händen auf den Tritt, rutschte, links-rechts, links-rechts, stückweise mit dem Bauch, der Hüfte, der Leiste über die Kante, balancierte einen Moment seinen Körper auf ihr und ließ sich nach vorn kippen, die Beine in der Luft, robbte einige Zentimeter weiter und hatte es geschafft. Was für eine Gaudi!

»Was soll denn das?«, fragte Louise, die an dem Tritt stand wie ein Kind an einer Theke.

13
Unruhige Nacht

Genauer hätte seine letzte Zeitangabe nicht sein können: nach den vorausgesagten eineinhalb Stunden erreichte er das Tagesziel, müde, aber souverän, ohne das geringste Langsamerwerden auf den letzten Metern. Und auch Louise hätte jetzt hier sein können, wenn sie nicht vor zwanzig Minuten beschlossen hätte zu trödeln. Kurz davor hatte er nach einem Blick auf die Karte gesagt, dass sie das Ziel zur vorausgesagten Zeit erreichen würden. Und dann wurde Louise langsamer, als wollte sie dies verhindern; als wollte sie verhindern, dass seine Zeitberechnung stimmte – um sich später, wie er glaubte, darüber beklagen zu können, dass er ihr zu viel zumutete, mehr, als er bei der Planung in Berlin angegeben hatte.

Er setzte den Rucksack ab, streckte den schmerzenden Körper, schüttelte Arme und Beine aus und überlegte, wo das Zelt am besten aufzubauen sei. Nun war er froh, dass Louise auf sich warten ließ, so hatte er seine Ruhe vor ihr. Er spürte die zurückgelegten Kilometer und Höhenmeter in jedem einzelnen Knochen und wollte sich von Louises schlechter Laune nicht nerven lassen. Dafür fehlte ihm nun doch die Energie.

Vor einigen hundert Metern war der Grat breiter geworden und schließlich in ein Plateau übergegangen, das als Ganzes leicht gewölbt war, wie der Panzer einer Schildkröte, im Kleinen jedoch viele ebene Flächen besaß, auch menschentiefe Löcher und breite Spalten. Der Untergrund, wo André stand, war felsig, nur wenige Steine lagen darauf, vielleicht von Wanderern mitgebracht – woher sonst sollten sie stammen? –, und in Mulden waren Steinchen, herangewehter Sand und wenig Erde, Staub.

Er spannte das Zelt am Fuß des nächsten Bergstückes auf, etwas unterhalb der höchsten Stelle des Plateaus, im Windschatten einer hüfthohen Stufe. Das Igluzelt war wie gemacht für einen felsigen Untergrund: die beiden biegsamen Stäbe, über Kreuz auf der Innenseite des Zelttuchs eingefädelt und in den Zeltboden gesteckt, wurden so stark gebogen, dass sie eine Kuppel bildeten; die Heringe dienten lediglich dazu, das Zelt, wenn es auf weichem Untergrund stand, auf jenem zu befestigen, damit es nicht fortgeweht wurde.

Da Heringe in die Erde zu stecken auf dem Felsboden nicht möglich war, legte er vorerst seinen Rucksack in das Zelt; zusätzlich versuchte er, die Heringe in schmalen Felsspalten so gut es ging zu verankern.

An einer windgeschützten Stelle positionierte er den Gaskocher und legte die Packung Hörnchennudeln und einen Würfel Fleischsuppe daneben. Mit Kochen wollte er erst beginnen, wenn Louise angekommen war. Vielleicht wollte sie mit Essen noch warten, er wusste es nicht.

Er sah sie bereits. Sie schlich mehr, als dass sie ging, als habe sie keine Lust, sich ihm zu nähern. Dann endlich war sie nahe genug, und er konnte fragen, ob er anfangen solle zu kochen.

»Meinetwegen«, sagte sie und verschwand im Zelt.

Als das Essen bereit war, Fleischsuppe als Vorspeise sowie als Hauptspeise Hörnchennudeln mit viel Reibkäse – »Schimmelhörnchen« hatten sie bei den Pfadfindern dieses bei Kindern beliebte Gericht genannt –, fand er im Zelt Louise schlafend vor, in den Schlafsack gehüllt, und einen Moment lang überlegte er, ob er sie schlafen lassen sollte. Doch dann würde das Essen kalt; bestimmt war sie hungrig und beklagte sich nachher.

Da er am Zelteingang kniete, fasste er sie sanft durch den Schlafsack an den Zehen und bewegte diese zärtlich hin und her.

»Aua!«, rief Louise und schreckte hoch. »Da habe ich eine Blase!«

Er entschuldigte sich; fragte, ob sie ein Pflaster brauche, sagte, das Essen sei fertig.

»Ich habe überhaupt keinen Hunger«, antwortete sie.

»Vielleicht, weil du müde bist. Du solltest aber essen, dir fehlt sonst die Energie, morgen wirst du dich schwach fühlen.«

Sie aßen schweigsam, er mit großer Lust, die er jedoch zu verstecken versuchte, sie langsam, eher in den Schimmelhörnchen herumstochernd als sie mit der Gabel aufspießend. Schließlich aß er ihren Teller leer; sie wollte es so, sagte, sie werde auch später nichts essen.

Beide legten sich früh in die Schlafsäcke. André war damit zufrieden, denn im Schlaf erholten sie sich am besten. Und auf diesen Moment, in den Bergen im Zelt zu schlafen wie früher bei den Pfadfindern, hatte er sich lange gefreut. Er hatte Louise geraten, einige Kleidungsstücke, etwa die Hose, in den Schlafsack zu nehmen und damit unten den Fußbereich zu stopfen; sie wärmten zusätzlich die Füße, an denen man am meisten fror, und waren am Morgen bereits vorgewärmt. Doch Louise meinte, auf eine solche Idee könne nur ein Mann kommen, und legte die Kleider ordentlich zusammengefaltet neben sich auf den Zeltboden.

Trotz Louises schlechter Laune überlegte er, die Reißverschlüsse ihrer Schlafsäcke zu öffnen und sich auf Louise zu legen, sie ohne Vorwarnung zu nehmen, kurz und intensiv, auf dass sie nachher wieder glücklich miteinander waren.

Er atmete leise, um besser die Geräusche draußen hören zu können; der Wind, ein Tier vielleicht, viel mehr gab es hier oben nicht, das Geräusche machte, keine Bäume, kein Bach.

»Ich kann nicht schlafen«, sagte Louise.

Und eine Minute später hörte er ihren tiefen Atem; sie schlief wie eine Bärin. In Gedanken ging er den morgigen Tag durch. Früh schlafen zu gehen, war eine gute Idee gewesen; sie konnten Erholung brauchen, und morgen sollten sie früh aufstehen. Sie durften nicht trödeln. Mussten früh los, damit sie um neun oder zehn Uhr bereits ein schönes Stück geschafft hätten. Der letzte Aufstieg vor der Kletterpartie würde besonders anstrengend werden; vielleicht lag Schnee, wie tief war ungewiss. Und auch die Stunden davor hatten es in sich, insgesamt brauchten sie gemäß Berechnung – aber was diese wert war, wusste er nicht – sechs Stunden bis zum Gipfel. Und von Anfang an ging es morgen bergauf, steilste Pfade, so schmal, dass man nicht aus dem Gleichgewicht kommen durfte. An einigen Stellen fiel der Hang auf der einen Seite senkrecht ab; an der anderen war ein Seil befestigt, an dem man sich festhalten konnte.

Ein Rütteln an der Schulter holte André aus dem Schlaf, einem warmen, wohltuenden und tiefen Schlaf, der noch nicht lange gedauert hatte, vielleicht eine Stunde, viel zu kurz, um aufgeweckt zu werden.

»Hör mal«, sagte Louise.

»Was?«

»Na, das Geräusch.«

»Das ist der Wind«, sagte er, verärgert, weil sie ihn wegen dieses völlig normalen Pfeifens geweckt hatte, und drehte sich zur Seite, von Louise weg.

»Ich kann einfach nicht schlafen«, sagte sie, »obwohl ich müde bin. Morgen werde ich noch müder sein.«

»Dann schlafe!«, befahl er ungeduldig.

Sie setzte sich auf und begann, in ihrem Rucksack zu kramen. Schaltete die Taschenlampe an und studierte etwas, vielleicht las sie in einem Buch.

Als er ein zweites Mal aufwachte, hatte Louise soeben

den Reißverschluss ihres Schlafsackes geöffnet. Sie fädelte ihre Beine in die Hose ein.

»Brrr«, machte sie, »eisekalt.«

Er drehte sich zu ihr um; das Licht der Taschenlampe blendete ihn. Er spürte, dass seine Wange zerknittert war, und so fühlte er sich auch, als Ganzes zerknittert; er wollte weiterschlafen.

Sie müsse mal, sagte Louise.

»He«, sagte er, »pass auf. Nicht, dass du irgendwo hinunterfällst!«

Sie schlüpfte in die Wanderschuhe, ließ die Schnürsenkel offen, zog den Reißverschluss des Zeltes auf und ging hinaus, wo sie wieder ihr frierendes »Brrr« von sich gab.

Nun war es endlich ruhig, abgesehen vom Pfeifen des Windes, das ihn jedoch nicht störte. Er hätte schlafen können. Doch er fragte sich, weshalb Louise nie auf ihn hören konnte, weshalb sie die Hose nicht wie von ihm geraten mit in den Schlafsack genommen hatte. Er ärgerte sich, versuchte sich zu beruhigen, und just, als er die wohltuende Schwere spürte, die ihn in den Schlaf hinüberzog, ging, ritsch!, der Reißverschluss des Zeltes auf.

Wortlos und bibbernd kroch Louise herein. Für einen Moment kauerte sie auf allen vieren, als suche sie etwas. Dann zog sie die Kleider aus, platzierte sie wieder zusammengefaltet neben sich auf den Zeltboden und legte sich in den Schlafsack, den sie offen liegen gelassen hatte und der längst ausgekühlt war.

14

Zerknitterter Tagesbeginn

André schlüpfte aus dem Zelt, gerade als die ersten Sonnenstrahlen es über die Bergkette zum Lagerplatz schafften. Auf sein Gefühl für Zeit konnte er sich verlassen, oder war es Intuition? Er wusste es nicht. Er konnte auch den Regen riechen, Stunden, bevor er kam.

Aus dem Schlafsack zu steigen war eine Qual gewesen, und als er draußen in der Kälte stand, zögerte er einen Moment – ein kurzes Innehalten seiner zielgerichteten Bestrebungen –, doch er ließ sich nicht beirren: er wusste aus Erfahrung, dass der Augenblick des Aufstehens und die Minuten danach hart waren; da musste man durch. Auch jetzt, wie früher bei den Pfadfindern so oft, versuchte die Kälte, ihn zurück in den Schlafsack zu treiben, und die Knochen verlangten nach Ruhe, waren schwer und taten weh.

Auf dem spärlichen Gras in den Steinmulden lag Tau. Die Sonnenstrahlen besaßen eine angenehme Wärme, aber der kalte Wind verdarb die Freude darüber. Am besten, sie zogen später, um beim Frühstück nicht frieren zu müssen, ihre winddichten Regenjacken an.

André streckte sich, tat zwei oder drei Turnübungen, die er noch vom Sportunterricht an der Schule zu kennen glaubte. Er fühlte sich so zerknittert wie ein Kriegsveteran. Mit vor Müdigkeit fast zugeschwollenen Augen schaute er auf ihr kleines Lager, das sie bereits in einer Stunde abgebrochen haben mussten, dann setzte er den Gaskocher an die windgeschützte Stelle, zündete ihn an und machte Kaffee, den er nur mitgenommen hatte, weil Louise sich dies gewünscht hatte. Ohne Kaffee stand sie nicht auf, konnte sie nicht aufstehen. Mit vom Schlaf noch immer verklebten Augen, mit steifen Bewegungen bereitete er das Frühstück vor und packte zusammen, was nicht mehr gebraucht wurde.

Da Louise nicht aufgestanden war, kniete er sich in den Zelteingang, mühsam, noch immer fühlte sein Körper sich steif an. Sie lag im Schlafsack und schlief, obwohl sie bereits in Berlin abgemacht hatten, dass sie an dem Tag der Bezwingung des Gipfels besonders früh aufstehen mussten.

»Der Kaffee ist fertig«, sagte er vorsichtig, mit gedämpfter Stimme, da auch er gerne noch weitergeschlafen hätte und nicht eben vor Energie sprühte. Außerdem wollte er einen neuen Konflikt vermeiden.

Louise öffnete die Augen lediglich einen Spalt weit; sie bildeten auf ihrem morgenbleichen Gesicht zwei längliche Schatten, dann wandte sich dieses Gesicht von ihm ab, mit einem genervten Ausdruck.

»Tut mir leid«, sagte er jetzt in einem Ton, der nur wenig mitfühlend klang. »Aber du weißt doch, dass wir heute früh aufstehen müssen.«

Er ließ sie liegen, ging zum Gaskocher, setzte sich auf einen Stein und begann zu essen. Falls Louise nicht herauskäme, würde er nach dem Frühstück trotzdem mit dem Zeltabbrechen beginnen. Obwohl sie noch im Schlafsack lag. Er war auch müde, hatte auch schlecht geschlafen, hatte auch Muskelkater, und er war es leid, sich um Louise kümmern zu müssen. Mit ihr zusammen halbierte sich der Aufwand für Routenplanung, Zeltaufbau, Kochen und so weiter nicht; im Gegenteil, er verdoppelte sich, da sie ihn entweder behinderte, weil sie im Weg stand, oder zwar zu helfen versuchte, sich dabei aber so ungeschickt anstellte, dass er die Arbeit noch einmal machen musste.

Er erinnerte sich an den letzten Frühling, als sie campierten und das Igluzelt gemeinsam aufstellen wollten. Er hatte Louise darum gebeten, die Zeltstangen in das Zelttuch einzufädeln und das Zelt aufzuspannen. Später war ihm aufgefallen, dass die eine Stange nicht richtig in der Halterungstasche steckte; ein Windstoß, und sie wäre herausgerutscht, das Iglu zusammengefallen. Dabei waren diese Halterungstaschen gut sichtbar, kleine genähte Taschen, einige Zentimeter lang – es war doch klar, dass die Zeltstangen dort ganz hineinmussten.

Als er damals Louise freundlich darauf hinwies, reagierte sie beleidigt und sagte, da sie ja doch alles falsch mache, werde sie den Zeltaufbau in Zukunft ihm überlassen.

Mit Kritik, auch mit dem sanftesten Hinweis auf etwas, das sie hätte besser machen können, konnte Louise schlecht umgehen. Meistens warf sie die Flinte gleich ins Korn. André hatte irgendwann resigniert. Er sagte nichts mehr, machte schweigsam die nötigen Verbesserungen, wenn etwas nicht stimmte, oder erledigte die Sache gleich von Anfang an selbst.

Nun sah er Louise aus dem Zelt kommen, gerade als er den letzten Rest des Müslis, in Wasser aufgeweichte Haferflocken mit Rosinen, aus dem Pfännchen löffelte, das noch aus Pfadfinderzeiten stammte. Sie schlich in geknickter Körperhaltung, ohne ihn anzusehen, mehr auf die Frühstückssachen denn auf ihn zu.

»Guten Morgen«, sagte er mit betont freundlicher Stimme.

Sie murmelte einen Gruß, setzte sich und füllte ihren Becher mit dem gerade noch lauwarmen Kaffee. Mit beiden Händen hielt sie den Becher fest, nahm einen Schluck, schaute starr vor sich hin, auf einen Punkt irgendwo unten im Tal, nahm wieder einen Schluck und schien nicht an Essen zu denken.

»Was möchtest du essen?«, fragte er und griff nach der Tüte mit dem Müsli, um eine schöne Portion davon in Louises Geschirr zu schütten.

Es gebe doch gar keine Auswahl, sagte sie, als mache er ihr Versprechungen, die er nicht halten konnte.

»Na ja«, sagte er und schaute um sich. »Wir haben noch Äpfel. Oder Teigwaren und Fleischbrühe, Reis …«

»Komm, du willst doch jetzt nicht anfangen zu kochen, sondern möglichst bald loswandern!«

Er zuckte mit den Schultern, sagte, dass sie tatsächlich bald aufbrechen müssten, fragte, was sie denn nun essen wolle.

»Schon gut«, sagte Louise. »Wollen wir weiterwandern?«

André wusste, dass sie nun wieder ihr Spielchen begann, eine Trotzreaktion, weil sie beleidigt war, wer konnte wissen, weshalb! Aber er wollte nicht mitspielen, wollte sich nicht in die Rolle des ungeduldig Fordernden drängen lassen, der ihr nicht einmal Zeit für das Frühstück ließ.

»Wir haben noch Zeit«, sagte er. »Du solltest essen, reichlich essen, sonst fehlt dir nachher die Energie. Iss nur, wirklich, ich habe ausreichend Zeit für das Frühstück einkalkuliert!«

Die Lippen zusammengepresst, bewegte Louise den Kopf verneinend hin und her.

»Ich habe keinen Hunger. Besser, wir gehen gleich los, vielleicht esse ich später etwas.«

Er erklärte sich einverstanden und versuchte, sich nicht anmerken zu lassen, dass er hätte in die Luft gehen können. In solchen Momenten war es ihm zu dumm mit Louise, fragte er sich, weshalb er sich den Umgang mit diesem störrischen Esel aus Mecklenburg-Vorpommern antat. In solchen Momenten fehlte nur wenig, und es wäre für ihn in Ordnung, den Tag oder das Wochenende getrennt zu verbringen. So hätte er immerhin seine Ruhe.

Sie wanderten pünktlich los, ohne dass Louise gefrühstückt hatte, weshalb er etwa gleich unzufrieden war, wie wenn sie beide gefrühstückt hätten, aber zu spät losgegangen wären. Er liebte Pläne, und war er allein, gingen seine Pläne auch auf; mit Louise kam fast immer etwas dazwischen. Dass sie nicht gefrühstückt hatte, würde sich rächen. Er wusste nicht, ob er sich nicht weiter darum kümmern oder ob er versuchen sollte, bei der ersten längeren Pause Louise zum Essen zu bringen.

Missgestimmt schritt er voran; bei dem Tempo würde sie bald merken, dass es klüger gewesen wäre, Kraft zu tanken. Der Pfad war schmal und steil, auf blankem Fels, der an einigen Stellen wie poliert aussah. Immer wieder, bei kleinen Brücken oder wenn der Pfad für zwei-drei Meter noch schmaler wurde, war auf der rechten Seite, der Hangseite, ein Halteseil an den Felsen angebracht; links ging es weit hinunter.

Da, auf der linken Seite, lag das Panorama, ein unendlich sich hinziehendes Berggipfelmeer, und hier war der Beweis, dass die Schweizer auf Berge stiegen, um dem Gefängnis zu entkommen. Hier sahen die Bergspitzen aus, als sei es ein Leichtes, über sie hinwegzuhüpfen, jeden einzelnen sanft mit der Fußsohle antippend, über sie zu gleiten wie über Wellen – hier oben war nichts von der dunklen Enge des Tales!

Von links schien die Morgensonne frontal an die Felswand, in der sie gingen, kräftig genug für einen baldigen Sonnenbrand, wenn sie sich nicht schützten. Diese Sonne würde zum Mittag und Nachmittag hin eine gehörige

Wucht entwickelt haben. Mit der Hitze hätten sie heute noch zu kämpfen, obwohl sie doch eben erst beim Frühstück gefroren hatten – das konnte André schon jetzt sagen, er hatte die Erfahrung bereits Dutzende Male gemacht.

Er ging nicht eben leichtfüßig. Die Beine ließen sich nur schwer bewegen, Schultern und Hüfte schmerzten noch von gestern und vorgestern. Er war sofort in seinen Trott gekommen, so, als hätte er am Tag zuvor gar nicht zu wandern aufgehört, aber dieser Trott war eine Mühle, die nur langsam und mit Ächzen arbeitete. Die Fußsohlen taten weh, waren empfindlich geworden, bis tief in das Fleisch hinein.

Zweifelsfrei war die Tour anstrengend, selbst für ihn eher eine Überforderung denn eine Herausforderung, vor allem, weil sie mehrere Tage dauerte, Erholung kaum möglich war. Doch man konnte ein Abenteuer, ein richtiges Abenteuer nicht mit Bequemlichkeit haben. Andrés schönste Erinnerungen hatten nur aufgrund ihrer Extreme entstehen können: extreme Belastungen, extreme Überforderungen.

Und deswegen war es richtig und wichtig, dass sie diese Bergtour nur mit Mühe und Not schafften; genau dies hatte er doch bei der Planung gewollt! Er hatte eine an sich schon anstrengende Wanderung herausgesucht und dann noch obendrauf gelegt, indem es mehrere Tage sein, indem es am Ende eine Kletterpartie geben musste. So war er nun einmal; er nahm es mit Humor, obwohl er sich in der Felswand abmühte, und alle, die mit ihm unterwegs sein wollten, benötigten ebenfalls Humor.

Ein besonders schmales Stück, das um eine Ecke des Felsmassivs herumführte, an dem ein Sicherungsseil angebracht war, nahm André mit Tempo und völliger Gelassenheit, als biege er auf einem Waldweg um eine Kurve, die rechte Hand an dem Seil entlangführend, keinen Blick nach links, wo es senkrecht hinunterging, wer wusste, wie weit.

Überhaupt nahm er wenig wahr. Die morgendliche Zerknitterung, die Morgenverschlossenheit war nahtlos in eine Vormittagsverschlossenheit übergegangen; längst hatte er genug gesehen von grauen, geometrischen Flächen, Schluchten, Graten in der Ferne, länglichen Schneefeldern, die unten in einer Spitze endeten, öden Schuttfeldern, magerem Berggras, nur andeutungsweise sichtbaren Bächen, einzelnen dinosauriergroßen Felsen, die dastanden wie einsame Bäume, blendenden Lichtreflexionen von Gletschern und vom Schnee, dem schmerzenden Gelb der Sonne, dem unermüdlich beruhigenden Blau des Himmels. Genug. Er wollte hinauf. Wollte durch den Kamin, der nach der Mittagspause als Erstes käme, dann rasch über eine ebene Fläche hin zum Berg und die letzten harten Stunden unterhalb des Gipfels bewältigen, was wegen Tiefschnees besonders anspruchsvoll sein würde, und endlich klettern, während fünf oder zehn Minuten sein Können unter Beweis stellen. In der Kletterhalle war er wie ein Affe unterwegs, bei überhängenden Stellen schwang er sich mit gestrecktem Arm von einem Griff zum nächsten – wie es die Affen im Zoo taten.

André schaute nach hinten, nachdem ihm aufgefallen war, dass er sich kaum noch nach Louise umsah, und nahm aus dem Blickwinkel heraus wahr, wie sie ängstlich um eine Kurve bog, sich mit beiden Händen an dem Stahlseil festhaltend, den Blick abwechselnd nach hinten in die Tiefe hinunter und nach vorn zur Bergwand gerichtet, hinauf, als befürchte sie, ein herunterfallender Stein könne sie erschlagen. Doch dafür stand sie zu nah an der Wand, die senkrecht, wenige Meter weiter oben sogar leicht überhängend war.

Versöhnlich blieb er stehen, machte eine hüpfende Bewegung, damit der Rucksack nach oben sprang und er die Schultergurte und den Hüftgurt anziehen konnte.

»Diese Felsen«, sagte Louise, als sie näher kam, unsicher wie nach einer Operation, »mir ist ganz flau im Magen.«

»Du hättest etwas essen sollen. In der Kletterhalle macht dir das alles auch nicht zu schaffen.«

Das könne man nicht vergleichen, sagte Louise und fügte an, dass ihr die Seen und Wälder in ihrer Heimat schon lieber seien.

»Dafür wird man dort von den Mücken zerstochen«, sagte André schaudernd.

Es war immer dasselbe. Auch er hatte sich an die flache Landschaft in und um Berlin, in Brandenburg gewöhnen müssen, was am Anfang nicht leicht gewesen war. Diese weiten Ebenen – eine desillusionierende Eintönigkeit. In Mecklenburg-Vorpommern gab es wenigstens kleine Hügel, die zumindest ansatzweise mit dem Flachland in der Schweiz vergleichbar waren. Nun sah Louise, wie es ihm in Deutschland erging. Und jetzt wanderten sie für einmal nicht auf der Seenplatte, sondern in den Bergen, und sie beklagte sich, wie furchtbar das alles sei.

»Langsam kann ich nicht mehr«, sagte Louise, als sie neben ihm stand.

Aus Erfahrung wusste er, dass bei einer Wanderung diejenigen, die am lautesten jammerten, noch über die meiste Energie verfügten. Man konnte sie getrost weiterwandern lassen, durfte nicht nachgeben, gar nicht erst anfangen, sie zu verhätscheln. Sorgen musste man sich um jene, die still waren, still vor sich hin litten, keine Kraft mehr zum Jammern hatten und womöglich auf einmal zusammenbrachen.

Mit dem Unterarm wischte er sich den Schweiß aus der Stirn. Er schaute Louise nicht an, blickte zu Boden, auf ihre Wanderschuhe.

»Die Mittagspause ist in zwei Stunden«, sagte er knapp. »Dann solltest du ordentlich essen.«

15
Trennung

Die Mittagspause nutzte Louise dazu, Trübsal zu blasen, statt den Löffel in ihr Essen zu stecken und in den Mund. Sie hatte weder Brot noch Bauernschüblig gewollt, von dem er gleichmäßige Scheiben für sie abgeschnitten hatte, darauf hinweisend, dass es nichts Schöneres gebe, als bei einer Wanderung Brot mit Bauernschüblig zu essen.

Doch auf Wurst hatte Louise keine Lust. Und das war der Schüblig in ihren Augen, eine ganz normale Wurst. Eben eine aus der Schweiz, aber nicht anders als Würste aus anderen Ländern. Das war für ihn, der ihr diese Schweizer Spezialität hatte zeigen wollen, wie eine Faust ins Gesicht.

Sie wollte etwas Warmes essen. Also packte er den Gaskocher aus, goss Wasser in die Pfanne und kochte Reis.

Ob er Schüblig in den Reis hineinmachen solle, fragte er; sie verneinte umgehend. Sie hatten noch Trockenfrüchte, doch auch diese wollte sie nicht.

Sie war unzufrieden mit ihrem Reis ohne Beilagen. Das gehe doch nicht, meckerte sie; sie könne gerne in das nächste Dorf hinuntergehen und auserlesene Zutaten für ein Festmahl kaufen, antwortete er.

Sie saß da mit Löffel und Teller in der Hand, blickte nur

auf das fade Naturbraun in dem Teller, und nun, da sie nicht aß, wurde André erst richtig wütend. Das Wasser für den Reis war verloren, Wasser, von dem nicht mehr viel vorhanden war.

Als müsse die Zeit für das Mittagessen, eine Stunde, auf jeden Fall für Essen und Ruhe aufgewendet werden, blieben sie sitzen. Dabei hätten sie ebenso gut weiterwandern können. Der Eingang des Kamins wartete keine zehn Meter neben ihnen. Davor ein kleines Feld aus Schnee, der hier an schattigen Stellen lag.

André schielte hinüber. Gleichermaßen traurig und verärgert kam er zum Schluss, dass das Einzige, was ihm an der Wanderung nicht gefiel, Louise war. Beim Wandern hatte er seine innere Ruhe, ging ihm, wie man sagte, das Herz auf. Allein Louise trübte seine Freude, indem sie ständig herummeckerte. Nicht länger wollte er auf sie Rücksicht nehmen. Seine Geduld war aufgebraucht.

Mit zwei Metern Distanz zwischen sich saßen sie da, halb voneinander abgewandt, als hätten sie sich nichts mehr zu sagen.

»Weiter?«, fragte André, als es Zeit war.

»Ja, geh nur.«

»Gut, gehen wir.«

André voraus, betraten sie den Kamin. Es handelte sich um einen schmalen, menschenhohen Tunnel im Felsen, der steil aufwärtsging, teilweise mit Stufen, teilweise ohne. Links und rechts boten Stahlseile Halt für die Hände, an ihnen konnte man sich hochziehen, wenn eine besonders steile Stelle dies erforderte. Man hätte hinunterfallen können oder wohl eher -rutschen: wegen der schützenden Wände vermutlich ungefährlich, auch wenn dieser Schacht Anfängern Angst machen konnte.

Louise schritt dicht hinter ihm her. Sie stiegen durch den Kamin hoch wie Höhlenforscher. Der Untergrund war von Feuchtigkeit dunkel verfärbt; doch zu wenig Wasser war da, als dass es ihnen hätte entgegenfließen können, wenn sich auch in kleinsten Mulden Seen gebildet hatten, nicht größer als Augen oder offene Münder. Wieder Tritte, wieder mussten sie sich am Seil hochziehen, das war bequemer als auf allen vieren zu gehen. Der Kamin war wie ein Lift; hier machten sie auf kurzer Strecke viele Höhenmeter. Die kühle und feuchte Luft roch nach Felsen. Oben sahen sie nichts, kein helles Loch, aber linker Hand gab es ab und an Löcher, durch die sie das Panorama erblickten. Bestimmt hatte Louise so etwas noch nie erlebt.

Nach fünf Minuten im Kamin, sie war stets dicht hinter ihm gegangen, blieb sie auf einmal stehen.

»Ich kann hier nicht durch«, sagte sie unvermittelt.

»Wie?«

»Lass uns umkehren.«

Die Strecke sei lediglich fünfzehn Minuten lang, ein Drittel hätten sie bereits geschafft, rechnete André vor. Er war von Louise genervt, blieb jedoch ruhig, wollte nicht, dass sie auf stur stellte.

»Bis jetzt geht es doch gut – nur noch ein paar Meter!

Oben ist es schön, du wirst sehen, dort oben sieht alles ganz anders aus.«

»Ich kann nicht«, sagte sie.

Er fand diese Aussage albern. Er lächelte und klopfte Louise auf die Schulter.

»Nimm die Enge mit Humor! Oder hast du ein Geburtstrauma?«

Mit Tränen in den Augen wandte Louise sich ab und begann mit dem Abstieg.

»He!«, rief er. »Was machst du?«

»Siehst du doch. Ich will hier raus!«

»Verdammt«, sagte er, »jetzt stell dich nicht so an. Oben geht es auch hinaus.«

Er tat einige Schritte und fasste sie an ihrem Rucksack, sodass sie stehen bleiben musste, griff nach ihrer Hand, die sie ihm entwand.

»Also wirklich«, sagte er, »wir sind nun den dritten Tag unterwegs. Wir sind kurz vor dem Ziel. Und du willst wegen diesem kleinen Kamin aufgeben?«

Louise wollte nach unten. Sagte, vor dem Eingang des Kamins könnten sie alles besprechen.

Mit vor Ärger zusammengebissenen Zähnen folgte er ihr; er wollte sie hier drin nicht festhalten, aber für ihn war klar, dass er gleich wieder durch den Kamin hochgehen würde, mit oder ohne Louise. Er verbiss sich in böse Gedanken, kam zum Schluss, dass »ohne Louise« wahrscheinlicher sei, nahm diese Variante hin, als sei sie bereits Tatsache, freundete sich gar mit ihr an, empfand sie zunehmend als die bessere Lösung. Niemals würde er jetzt mit Louise den Heimweg antreten – ohne oben auf dem Gipfel gewesen zu sein!

»Ich will nicht mehr hoch«, sagte Louise, als sie unten vor dem Kamineingang standen.

André schwieg.

»Wir könnten diesen Weg nehmen«, sagte sie und zeigte auf einen Pfad, der auf der Südseite hinunterführte. »Da kommt man schnell in tiefere Lagen, und es gibt einen See, in dem man baden kann.«

André wusste von diesem Weg und vom See; beim Studium der Karte hatte er einmal, noch im Dezember, diese Variante in Betracht gezogen. Doch er hatte möglichst weit hinauf und für einmal keinen See gewollt. Er wusste: Gab es einen See, war Louise nicht mehr zu halten; sie würde baden wollen und nicht wandern.

»Woher weißt du das?«, fragte er.

Sie habe sich die Karte angesehen, sagte Louise. Um den See herum gebe es Wiesen und Wälder, bestimmt könne man sich gut im Gras sonnen. Es gebe auch ein Restaurant.

»Ach, du hast letzte Nacht gar nicht in deinem Buch gelesen, sondern die Karte studiert?«

»Das ist wohl nicht verboten. Ich möchte nicht auf diesen Gipfel; ich möchte Urlaub haben und wenigstens einmal baden und endlich wieder richtig essen.«

Sie hatte sich im Kamin nicht unwohl gefühlt, sondern alles geplant gehabt! André schwieg. Er antwortete nicht, in der Hoffnung, Louise würde, da ihre Worte ins Leere gingen, von selbst einlenken.

Wenn er nicht mitkommen wolle, fuhr sie fort, könne er allein auf den Gipfel klettern und danach den Weg zum See einschlagen. »Dort können wir uns treffen«, sagte sie wohldurchdacht.

Sie wusste, dass er die Kletterpartie allein nicht in Angriff nehmen konnte; er brauchte jemanden, der ihn sicherte. Ihr Vorschlag war nichts als eine Gemeinheit, eine Provokation, um ihn zu ärgern, um ihm zu zeigen, dass er von ihr abhängig war.

»In Ordnung«, sagte er und wies nach hinten auf seinen Rucksack. »Was brauchst du?«

Sie teilten die Sachen auf. Louise nahm das Zelt, sie musste einmal vor Erreichen des Sees übernachten, sowie den Gaskocher; einen kleineren Reserve-Gaskocher, den sie mitgenommen hatten, behielt André, wie auch das Kletterseil, das unnütz geworden war, und die ebenso nutzlos gewordenen Karabiner und Bandschlingen. Er wusste, dass Louises Route, wenn man nicht leichtsinnig handelte und irgendeinen Unfug anstellte, ungefährlich war, sonst wäre er auf ihren Vorschlag nicht eingegangen. Sie schien zufrieden zu sein, nichts deutete darauf hin, dass sie einknickte und doch mit ihm kam, wie er insgeheim hoffte.

Verärgert wandte André sich ab, ging zum Kamineingang, sagte laut vor sich hin, dass dieser Urlaub von ihnen beiden als Wanderurlaub geplant worden sei. Er drehte sich noch einmal nach Louise um und sagte verbittert, dass er sich von ihr diese Wanderung nicht kaputt machen lasse. Er werde auf jeden Fall den Gipfel bezwingen; nun müsse er die beinahe zehn Meter eben ungesichert klettern.

Zu seinem Erstaunen kümmerte Louise das nicht. Sie war bereits losgegangen. Schaute sich nicht nach ihm um, schien nicht zu hören, was er sagte, und verschwand einige Meter unter ihm hinter einer Ecke.

»Vielleicht arbeitet beim See ja ein Deutscher!«, rief er so laut, dass sie es hören musste.

16

Allein im Kamin

Mit strammen Schritten stürmte André in den Kamin hinein, den Atem zugeschnürt. Die Kränkung wegen Louises Entscheidung war so groß, dass er weder nachdenken konnte noch den Felsen wahrnahm, der ihn nun wieder umschloss. Zornig stampfte er den Gang hinauf, hielt sich am Stahlseil fest, stieß mehrmals aus Unachtsamkeit mit den Handknöcheln gegen die Felswand, sodass sie aufschürften.

Nur langsam kam er zur Besinnung. Ihn alleinzulassen, war ein starkes Stück. Aber er hatte der Trennung zugestimmt, selber keine Lust mehr gehabt, mit Louise weiterzugehen. Die Idee, sich beim See zu treffen, wo sie entspannt im Restaurant essen und vielleicht übernachten konnten, war nicht so schlecht. Oder doch schlecht, eine Gemeinheit? Er wusste es nicht, glaubte, dass ihre Idee entweder ausgesprochen gut oder eine bodenlose Frechheit war. Er überlegte, Louise hinterherzulaufen, ihr von hinten, von oben zuzurufen, sie solle auf ihn warten, er komme mit.

Sollte er umkehren? Etwas in ihm, eine emotionale Seite, sagte Ja, doch sein Verstand war dagegen. Louise durfte mit ihrer Totalverweigerung keinen Erfolg haben, schließlich hatte er sie bei der Planung in Berlin gefragt, ob sie diese Wanderung machen wollte. Und dass sie in der Nacht hinter seinem Rücken die Trennung vorbereitet hatte, um ihn dann vor vollendete Tatsachen zu stellen, schmerzte ihn. Vor allem das. Das war die eigentliche Kränkung.

André ging weiter. Die Kühle des Felsens, die ihm in Gesellschaft von Louise eine angenehme Erfrischung gewesen war, empfand er nun als bedrohend. Der Geruch des Steins bot keinen Trost; er erinnerte an die sterile Brutalität eines Operationssaals. Die Feuchtigkeit am Boden glich dem Moder in einem alten Sarg.

Wie viel lieber wäre er diesen Weg mit Louise gegangen, hätte sie hinter sich gewusst, ab und an ihre Stimme gehört, ihr Gesicht sehen können. Er fühlte sich auf einmal allein, als bezog sich die Trennung nicht bloß auf die Wanderung, sondern auf ihre Beziehung. Er schniefte. Halb gehend, halb kletternd, kam er sich vor, als sei er wieder wie früher allein auf dem Lebensweg.

Er versuchte, über seine pathetischen, ja hysterischen Gedanken zu lachen. Er war ein großer Dummkopf.

Als er die Stelle, bei der sie umgekehrt waren, erreicht hatte, fasste er Mut. Es war unklug und kindisch, sich von Emotionen leiten zu lassen; einzig der scharfe Verstand zählte, würde ihn sicher nach oben und wieder nach unten zu Louise führen. Denn die Bezwingung eines Berges war nur erfolgreich, wenn man vom Gipfel auch wieder herunterkam. Hinauf auf den Gipfel – das war nur der halbe Weg, die halbe Aufgabe. Kraft und Verstand mussten auch für den Abstieg reichen. Die Belohnung waren Louise und ein vergnüglicher Tag am See mit einem ausgiebigen Essen im Restaurant, das gerne teuer sein konnte, das würden sie sich gönnen.

Von links drang nun mehr Licht in den Kamin, auf Schulterhöhe war die Seite einen Kopf breit offen, und dieser Aussichtsstreifen zeigte die ganze Weite der Berglandschaft, das verspielte Zackenmeer und im Vordergrund zwei Riesen, kleiner jedoch als Andrés Berg, deren mächtige und scharfe, wie abgeschlagene Flächen im Schatten standen, auf ihnen Schnee, der gräulich-weiß ein wenig leuchtete.

Vor einer brusthohen Erhebung blieb André stehen, um Atem zu schöpfen. Er sah die Luft, die er ausatmete, hochsteigen. Von seiner Zeit bei den Pfadfindern wusste er, dass man den Atem nur sah, wenn die Temperatur weniger als zwölf Grad betrug. Es war frisch. Vor allem hier im Kamin. Er fror an den Händen, die Finger waren klamm. Vermutlich war es weit kühler als zwölf Grad; er schätzte drei, vielleicht noch weniger. Das Wasser am Boden rann nun herunter; keine eisigen Stellen, nirgends.

André nahm die Erhebung, zog sich am Stahlseil hoch, setzte die rechte Fußspitze in einen Tritt – vielmehr eine Ritze! – und rutschte ab, schlug mit dem Knie gegen den Felsen. Das tat weh, war aber nicht weiter schlimm. Schon war er oben, mithilfe des schmerzenden Knies, das er in einer kleinen Mulde positioniert und sich so hochgedrückt hatte.

Eine gewisse Unheimlichkeit hier drin im Kamin konnte schlecht abgestritten werden. Aber was war mit »Unheimlichkeit« gemeint? Das war ein kindliches Gefühl und hatte nichts mit dem Verstand zu tun. Der Verstand sagte ihm, dass er im Kamin in größerer Sicherheit war als draußen, wo Steinschläge, Blitze und Lawinen drohten und wo er wegen eines unachtsamen Schrittes abstürzen konnte.

André saß auf dem Stein, ließ die Beine herunterhängen und ruhte wegen des Knies einen Moment lang aus. Schon wurde ihm kalt; er nahm die Jacke aus dem Rucksack, zog sie an. Die Wärme war ihm wie ein Bett. Ihm schien, dass seine Kräfte viel schneller nachließen, seit Louise nicht mehr bei ihm war.

Er musste weiter. Der Weg, der noch vor ihm lag, konnte beschwerlich sein, vielleicht seine Möglichkeiten übersteigen, je nach Wetter und Schneemenge. Jetzt fragte er sich, weshalb er sich diese Aufgabe zugemutet, dieses Vorhaben aufgebürdet hatte.

Ohne weiter nachzudenken, marschierte er los. Je entschlossener er ging, je weniger Pausen er einlegte, je weniger er zögerte, desto schneller kam er an das Ziel. Er hielt sich nicht mehr nur am Stahlseil fest, sondern stieß sich auch mit den Innenflächen der Hände am Felsen ab, setzte die Fingerkuppen in kleine Spalten, machte große oder kleine Schritte, ganz wie es der Steigung entsprach;

er passte sich ganz dem Weg an, befolgte sein eigenes Erfolgsrezept, tat das, was ihn auszeichnete: die Fähigkeit, eins zu werden mit der Natur.

Endlich dachte er nicht mehr nach; wie Rauch stieg er den Kamin hoch. Es gelang ihm sogar, auf diesem oft treppenartigen Weg einen Trott zu finden, so, wie wenn er in einem Treppenhaus in die vierte oder fünfte Etage hochmusste und mit großer Geschwindigkeit zwei Stufen auf einmal nahm, weil das weniger Kraft brauchte als gemütlich Stufe um Stufe hochzutrippeln. Er stürmte durch den Kamin. Bei großen Tritten umfasste er mit der Hand das jeweils gebeugte Knie, als könne er ihm so mehr Stabilität geben – nicht, dass es unter dem Gewicht seitlich ausbräche.

Linker Hand war der Aussichtsstreifen verschwunden, der Kamin so dunkel geworden, dass André gerade noch genug sah, aber langsamer gehen musste. Die Augen gewöhnten sich an die Dunkelheit. Schon ging es besser. Die Erstürmung des Berges wurde wieder aufgenommen – oder die Flucht. André wusste nicht, ob er bloß einen Gipfel bestieg oder von Louise fortging.

Die Viertelstunde, die man für die Bewältigung des Kamins benötigte, kam ihm lang vor. Während der ganzen Wanderung war er nie allein gewesen; Viertelstunde um Viertelstunde waren unbeachtet verstrichen, er in Gedanken versunken, mit aufgegangenem Herzen, schweigsam, aber nicht allein; stets war Louise ihm gefolgt, wenn auch oft mit einiger Distanz. Niemals hatte er Angst gehabt, sich in dem Gebirge verlaufen zu können, verloren zu gehen, vor der Menschheit zu verschwinden.

Doch dieser Kamin verschluckte ihn, wie wenn ein Hund einen Käfer herunterschluckte. André stieg entschlossen weiter, manchmal mithilfe der Hände, wenn nötig jetzt doch auf allen vieren; das ziemte sich nicht, aber er war allein.

Er fraß sich durch, kämpfte sich hoch. Oben, wieder im Freien, würde er sich wohler fühlen. Weshalb der Kamin ihm derart zusetzte, war ihm schleierhaft. Vorhin hatte er noch gelacht, über Geburtstraumen gewitzelt. Doch man ging nie, niemals allein in die Berge; diese Regel kannte er, hatte sie stets ernst genommen und befolgt. Dass er sich von Louise hatte verleiten lassen, die Regel zu brechen, war nicht richtig gewesen, ein Fehler, doch er hatte nicht anders gekonnt. Es musste sein.

Vielleicht fürchtete er sich nicht vor dem Berg, sondern vor sich selbst? Da! – von oben ein Lichtstrahl.

17
Im stillen Schneemeer

Der Schnee reflektierte das Licht so stark, dass André die Augen schließen musste. Vorsichtig öffnete er sie wieder, die Hand wie bei der Berghütte schützend davor, und ließ die Spalten zwischen den Fingern langsam größer werden; der Schnee blendete hier viel stärker. Er hatte es für wahrscheinlich gehalten, dass hier oben Schnee lag, aber die Menge überraschte ihn doch – kein Stein, nicht die Spitze eines Felsens ragte heraus.

Hier, beim Ausgang des Kamins, am geschützten Fuße eines kleinen Gipfels, sank er mit den Schuhen nur bis über die Knöchel, etwa zur Hälfte des Schienbeins ein. Er befürchtete, dass er weiter vorn bis zu den Knien oder noch tiefer einsinken würde; nun war eingetroffen, wovor er schon vor Wochen manchmal eine leise Angst gehabt hatte – ohne sie sich einzugestehen: immer wieder hatte er sich eingeredet, dass es bestimmt nur kleine Schneefelder geben werde. Reflexartig dachte er, es sei am klügsten, gar nicht erst weiterzugehen, sondern umzukehren und Louise zu folgen.

In bedächtiger Ruhe legte er jedoch den Rucksack nieder, nahm aus der Deckeltasche die Gletscherbrille, die er wohlweislich mitgenommen hatte, und setzte sie auf.

Sie schützte ihn vor Schneeblindheit. Dann verstaute er die Jacke im Rucksack, gleich würde ihm warm werden, und kramte seine alten Gamaschen hervor, die mit einem Gummiband am Schuh befestigt wurden und bis zu den Kniekehlen reichten, wo ein weiteres, eingenähtes Gummiband verhinderte, dass sie herunterrutschten. Aus Erfahrung – bereits viele Jahre her – wusste er, dass die Gamaschen vor dem Eindringen des Schnees nur einen teilweisen Schutz boten. Doch immerhin.

Nun schaute er auf die Uhr – bereits halb drei. Sie hatten viel Zeit verloren, weil sie im Kamin umgekehrt waren, unten beim Eingang sich getrennt und die Sachen neu aufgeteilt hatten. Er konnte sich nicht erlauben, noch einmal Zeit zu verlieren, aber er würde welche verlieren, allein deshalb, weil viel Schnee lag. Doch diese Möglichkeit hatte er bei seinen Berechnungen berücksichtigt. Aus den zwei Stunden Wanderzeit konnten jetzt vier oder noch mehr werden, bei Tiefschnee und bei solchen Steigungen blieben die Zeitangaben nach oben offen.

Sollte er umkehren? Frühzeitig aufgeben? Davonrennen, wenn der Berg einmal seine Zähne aus Schnee und Eis zeigte?

Zeitlich war es wohl zu machen. Die Kletterpartie, wenn er dort erst einmal angekommen wäre, dauerte nur kurz, und auf dem Gipfel wollte er sich nicht lange aufhalten. Und doch war ihm unwohl zumute. Er wollte sich lieber nicht vorstellen, was bei diesem vier oder fünf Stunden langen Kampf – beim Hochklettern, beim Runterklettern, auf dem Rückweg – alles geschehen konnte …

Doch kapitulieren, das ging nicht. Das war nicht er. Es war zu schaffen, irgendwie, alles war zu schaffen; er musste bloß einen Schritt nach dem anderen machen. Zuerst galt es, das leicht ansteigende Schneefeld zu durchqueren. Es war geschätzte zweihundert Meter lang, ein kleines Schneemeer, das, er ahnte es, Zeit kosten und sich nach und nach in ein großes, riesiges Schneemeer verwandeln würde, in dem man sich verlieren konnte. Aber wenigstens bestand keine Lawinengefahr.

Da, wo er stand, war die oberste Schicht des Schnees gefroren; wenn er auftrat, hielt der Schnee einen Moment, dann brach er bis über die Knöchel ein. Seine Hoffnungen beruhten darauf, dass das Schneefeld solche gefrorenen Schichten besaß, auf der Oberfläche und weiter unten, Schichten, die ihn trugen und verhinderten, dass er allzu weit einsank.

Durch die Gletscherbrille wirkte das Schneefeld schattig und kühl, als sei Winter und der Abend hereingebrochen, die Dunkelheit mit ihrer Eiskälte. Der blaue Himmel eine sanfte, graue Fläche; die Welt wie in einem Schwarz-Weiß-Film.

André betrat das graue Feld. Die oberste Schicht war gefroren, er konnte es gut spüren, sie war recht hart, aber nicht stark genug: bereits beim ersten Schritt brach er ein, die Schicht mehr als schuhgroß zerstört, scharfkantig; darunter luftiger Pulverschnee, sodass er tief einsank bis zur Mitte des Oberschenkels; mit dem anderen, linken Bein sank er ein bis zum Knie. Wegen der harten oberen Schicht war das Herausziehen der Beine besonders mühsam.

Meter für Meter kämpfte er sich vor, die Gamaschen bereits gefüllt mit Schnee; bei jedem Schritt spürte er, dass das Gewicht des Rucksacks ihn noch tiefer in die graue Kälte hineindrückte. Und mit den Armen musste er ausbalancieren, um nicht hinzufallen, mit den Händen sich mehrmals auf der Schneefläche abstützen. Immerhin das hielt sie aus, nur einmal sank er mit der Hand ein, bis über das Gelenk. Kälte umschloss die Hand, die scharfen gefrorenen Schneekanten ritzten den Arm. Doch als er ihn sich ansah – nichts. Nur rote Haut.

Nach geschätzten zehn Minuten, mühsamen Minuten, blieb er stehen, das eine Bein vorn feststeckend, das andere hinten, und schaute zurück. Der Eingang des Kamins lag erst wenige Meter entfernt. Jetzt dachte er wehmütig an diesen Kamin zurück; wie leicht war das Gehen darin gewesen!

Jammern half nichts. Er musste durch das Schneefeld, die Strecke hinter sich bringen, die im Hochsommer oder im Spätsommer mühelos in drei Minuten zurückgelegt wurde; er musste hinüber zum Anstieg, zu seinem Berg. Dort, aufgrund der Steilheit, läge weniger Schnee.

Geduld. Nicht verzweifeln, weder in Panik ausbrechen und nach vorn zu stürmen versuchen noch in eine ängstliche Lähmung verfallen und stehen bleiben in der Hoffnung, andere Bergsteiger, ein Helikopter oder Louise kämen ihm zu Hilfe!

Schritt für Schritt musste er gehen, die Aufgabe anerkennen, sich die nötige Zeit lassen und vor allem: eins werden mit der Natur. Er kam sogar in einen Trott, zog das eine Bein heraus, hievte es nach vorn, sank ein, verlagerte das Körpergewicht ein kleines Stück, wenige Zentimeter hin zum Ziel, zog das andere Bein heraus …

Wenn nur das Knie nicht gewesen wäre, das Knie, das er sich im Kamin gestoßen hatte. Nichts Schlimmes war geschehen, lediglich eine leichte Prellung, nicht der Rede wert, und doch fing es zu schmerzen an, jetzt, durch die Belastungen bei diesen umständlichen Schritten, bei denen er unnatürlich lange mit dem ganzen Gewicht auf einem Bein stehen blieb, um das andere nach vorn zu wuchten.

Schmerzen gehörten zu einer Wanderung und erst recht zu einem Abenteuer. Auch der kleine Zeh mit der Blase schmerzte. Schmerzen waren kein Grund zur Sorge. Was schmerzte, war noch da und konnte gebraucht werden. Wenn bloß das Knie seinen Dienst nicht versagte. Dafür gab es keine Anzeichen, aber wer konnte wissen, was in einigen Stunden, am nächsten Tag wäre und ob er es dann durch das Schneefeld zurückschaffen würde.

Wieder blieb er stehen. Eine Haltung zu finden, bei der das Knie entlastet wurde, war nicht einfach; er stand so da wie vorhin, ein versteinerter Schritt, das eine Bein vorn, das andere hinten. Tat die Kälte dem Knie gut oder wäre

Wärme besser? Bei einer Prellung half Kühlung, aber bei Gelenkproblemen? Und an was litt er, an einer Prellung oder stimmte im Innern des Knies etwas nicht? Seine Fragen, wenn auch nur in Gedanken formuliert, drangen in die Schneelandschaft hinaus, und keine Antwort folgte.

Auf einmal fiel André die völlige Stille auf, erst war er verwundert, dann erschrocken, dass sie ihm nicht früher aufgefallen war. Wie stand es um seine Sinne? So etwas musste er doch wahrnehmen, sofort und nicht erst nach Minuten!

Von mehreren Schneewanderungen bei den Pfadfindern kannte er diese völlige Stille. Sie war deshalb beängstigend, weil ein Mensch in der Zivilisation nie eine solche Stille erfuhr, stets war da etwas, ein Fernseher, das leise Summen eines Computers oder eines anderen technischen Geräts, die Stimmen der Nachbarn, die Heizung, die Geräusche machte, die Straße, der Wind – und auch wenn all dies nicht war: in einer Wohnung, im Wald oder auf dem Feld herrschte nie völlige Stille, auch bei angeblicher Stille gab es ein kaum hörbares Rauschen.

Aber hier: nichts. Eine solche umfassende, endgültige Stille kam nur in einer abgeschiedenen Schneelandschaft vor, in der Schweiz hoch in den Bergen, anderswo in den Alpen, in Grönland, am Nord- und Südpol, André wusste nicht, wo noch, mit Sicherheit in Lappland, in Kanada und Alaska, wenn Winter war.

Er horchte – nichts.

Nicht einmal leiser Wind, Vögel, das Knistern schmelzenden Schnees. André drückte die Hand auf die harte Schneefläche, bis sie hörbar einbrach, ein kurzes und einsames Geräusch, schon vorbei und vergessen. Er konnte noch viele solcher Geräusche produzieren, nichts vermochten sie zu ändern an der Totenstille.

Er ließ sich davon nicht beeindrucken. Er war allein, allein auf einem fernen, schneebedeckten Planeten, allein im Weltall, so allein, wie ein Mensch nur sein konnte – es gab viele Worte, die solche Zustände beschrieben –, aber er hatte einen Willen. Er verglich sich mit einer verloren gegangenen Ameise, die zäh und ohne Zweifel ihren Weg ging.

Vorsichtig, aber entschieden schritt er weiter. Furchtlos drang er tief in das Schneemeer hinein, hievte das eine, dann das andere Bein nach vorn, wieder das eine, das andere, lief wie eine Maschine, der Motor eines Autos, der sich in einem zu hohen Gang abmühte, stotternd, kurz davor, abgewürgt zu werden. Das hatte nichts mehr mit einer normalen Wanderung zu tun, nichts mit der Leichtfüßigkeit eines Marathonlaufs. André erinnerte sich an eine Fernsehsendung, die er als Kind gesehen hatte und in der schwere, muskulöse Männer, von denen in einem Wettkampf der Stärkste gekürt wurde, mehrere Kleinwagen umdrehen mussten: sie liefen zu einem Wagen, fassten mit den Händen nach der Kante des Unterbodens, drehten den Wagen aufs Dach, liefen zum nächsten Wagen … So tat André seine Schritte, jeder Schritt ein Kleinwagen, zumindest für ihn, schließlich war er kein Herkules.

Er blieb stehen, um zu verschnaufen, zog die Gletscherbrille aus, um für einen Moment die Wirklichkeit zu sehen: stechende Helligkeit! Ohne Gletscherbrille hätte er nach dem Kamin gar nicht weitergehen brauchen, sinnlos wäre es gewesen. Schon jetzt begannen die Augen zu schmerzen, und ihm wurde ganz wirr von all dem Weiß.

Klaglos, fleißig ging er weiter, Stück für Stück, ohne an ein Aufgeben zu denken. Und dann, endlich!, lag nur noch wenige Meter entfernt eine schräge Felsplatte, teilweise von Schnee bestäubt. Gleich erreichte er das Ufer, die Erhebung!

Er schaute auf die Uhr. Über vierzig Minuten waren vergangen. Für die Bewältigung von fünf Metern hatte er jeweils eine Minute gebraucht. So langsam bin ich gar nicht gewesen!, sagte er in Gedanken zu Louise. Das war sein typischer Humor auf Wanderungen, den zu ertragen von seiner Begleitung ebenfalls Humor verlangte.

Zufrieden rieb er die Hände aneinander. Das Schneemeer war geschafft, und er war noch bei Kräften. Aber was türmte sich da vor ihm auf?

18
Gefährliche Revanche

Die Zeit, die unerbittlich voranschritt, ließ eine Pause nicht zu. Er war jetzt, das zweimalige Hochsteigen durch den Kamin eingerechnet, knapp eineinhalb Stunden unterwegs, also nicht sehr lange, und hatte ab und an kurze Stehpausen und im Kamin eine ebenso kurze Sitzpause eingelegt. Doch die geleistete Kraftanstrengung war beträchtlich, die eineinhalb Stunden mussten mit dem Faktor zwei oder drei gerechnet werden; der Weg hatte ähnlich viel Energie gekostet, wie wenn er in normal steilem Gelände drei bis viereinhalb Stunden unterwegs gewesen wäre. Eine größere Pause, mindestens eine halbe Stunde, besser eine ganze oder eineinhalb Stunden, drängte sich auf.

Doch das war zeitlich nicht drin. Normalerweise, am Anfang oder in der Mitte einer Wanderung, beharrte er auf regelmäßigen Pausen; der sorgfältige Umgang mit den eigenen Kraftreserven war neben einer weitsichtigen Planung die vielleicht entscheidendste Voraussetzung für das Gelingen einer anspruchsvollen alpinen Unternehmung. Nun drängte jedoch die Zeit, und da er sich in der finalen Phase befand, also kurz vor dem Ziel war, brauchte er keine Rücksicht auf seinen Körper zu nehmen, konnte ihn ausbeuten, über die eigene Grenze hinausgehen.

Seit der Durchquerung des ansteigenden Schneemeers ging es nicht mehr darum, taktisch sauber, in schöner Eleganz zu wandern – er musste hoch, egal wie!

Was aber erhob sich da vor ihm? Ein steiler Berghang, der sich von den bisherigen steilen Passagen dadurch unterschied, dass Schnee lag. André wusste nicht recht, wie er hinaufgelangen sollte, bestimmt war es rutschig. Und wohin genau sollte er gehen? Die auf Felsen gemalten rotweißen Wegmarkierungen waren längst nicht mehr sichtbar, was beim Schneefeld nicht schlimm gewesen war, da er den Berggipfel hatte sehen können. Nun jedoch, am Fuße dieser Erhebung, die irgendwann zum Gipfel des Riesenberges führte, fehlten die Distanz und somit die Übersicht. Es ging hinauf – aber wo musste er lang, um nach zwei, drei oder vier Stunden zu seiner Kletterwand zu gelangen? Selbstverständlich war ihm die ungefähre Richtung bekannt, zur Sicherheit schaute er noch einmal auf der Karte nach; ob er sich jedoch wirklich auf dem Weg befand, wusste er nicht. Wenn er nicht aufpasste, bestand die Gefahr, dass er langsam, aber in zunehmendem Maße von diesem abkäme und sich schließlich von der falschen Seite her der Bergspitze näherte – falls er nicht vorher abstürzte!

Vielleicht konnte der Gipfel auch von anderen Seiten bestiegen werden, aber nur von Kletterprofis, wie er vermutete, und auch unterhalb dieser Kletterpartien war der

Berg auf diesen Seiten steiler. Er musste nur einmal ins Rutschen kommen oder das Gleichgewicht verlieren …

Und obwohl hier oben der Berg stark verwinkelt war – kleinflächig, mal flach, mal senkrecht abfallend mit Nischen, Brutstätten für Vögel –, musste jederzeit mit Lawinen gerechnet werden, keinen großen, dafür waren die Hänge zu klein, aber er machte sich nichts vor: harmlos waren auch solche Lawinen nicht. Selbst eine minimale Schneemenge konnte, ins Rutschen geraten, eine erhebliche Kraft entwickeln und wenige Meter weiter, im nächsten Tälchen, beim Aufprall sich so stark zusammenpressen, dass ein Mensch darin wie einbetoniert und unfähig war, sich mit Armen und Beinen zu befreien.

Es galt folglich, auf eine erholsame Pause zu verzichten, auf Zeit zu wandern, Tempo zu machen, gleichzeitig jedoch mit großer Vorsicht auf die Richtung des Weges zu achten und auf keinen Fall eine Lawine loszutreten oder gar abzustürzen.

Wie bei den Pfadfindern gelernt, lief André nach Kompass: Er visierte eine auffallende Form im Gelände an, die auf seiner Richtung lag, einen kleinen Bergspitz, ein kantiges Türmchen, das sich an der Seite des Berges erhob, maß den Grad zum Nordpol, legte den Kompass auf die Karte und sah, auf welcher Linie er sich befand. Diese Linie schnitt sich mit der Begrenzungslinie des Schneefeldes, wo der Berg sich erhob. Der Schnittpunkt beider Linien war sein aktueller Standort. Er stand richtig, war auf dem Weg.

Also nahm er das Erklimmen des Türmchens in Angriff. Er musste es aber gar nicht ganz erklimmen, lediglich zu ihm hingelangen: das Türmchen war nun die rotweiße Wegmarkierung.

Wenn Louise mitgekommen wäre, hätte er ihr dies erklären können. So zu wandern war anspruchsvoller, interessanter, und das hatte er ihr doch vermitteln wollen! Aber sie hatte kein Interesse, ging lieber gemütlich baden und aß ein Eis …

Zögerlich, abtastend tat er die ersten Schritte in den Hang, als beiße er vorsichtig in ein Stück hartes Brot. Er rutschte sogleich aus, und im Schnee blieb eine Form, die an eine Skisprungschanze im Miniformat erinnerte. Wollte er Halt, musste er mit der Fußspitze richtig in den Schnee hineintreten. Das tat weh, an dem kleinen Zeh mit der Blase! Doch nur so kam er hinauf, ohne sich mit den Händen festhalten zu müssen, was ein erheblicher zusätzlicher Kraftaufwand gewesen wäre.

Um ihn herum endloses Weiß. Aufsteigendes Weiß direkt vor ihm, entferntes Weiß, wenig dunkler, rechter Hand an einem Hang, der im Schatten lag, unter ihm, bereits einige Meter, das ruhige Weiß des Schneemeeres – wie eine gleichmäßige Wolke.

Allein der Himmel strahlte in schönstem Blau, durch die Gletscherbrille grau, aber André blinzelte manchmal an den Brillenrändern vorbei; ein sommerliches Blau, dasselbe wie in Berlin oder im Süden, irgendwo an einem Strand. Am Meer. Wie sehr wünschte André sich das: im Sand zu liegen, einem Verkäufer, der ebenso gemütlich wie eifrig an den Badegästen vorbeiging, sie ansprechend, sie anlächelnd, ein Stück Kokosnuss abzukaufen, kaltes Wasser zu trinken, unter einem Sonnenschirm neben Louise zu dösen.

Doch er steckte im Berg fest. Allein. Mit den kleinen Schritten, die er tat, kam er nicht schlecht voran, zwar äußerst langsam, aber gleichmäßig, ohne die Anstrengung großer Schritte, dafür ging dieses kurze gänsemarschartige Getrippel auf den Fußspitzen, die in den Hang getreten wurden, in die Wadenmuskeln. Verhärteten sie sich? Er wollte es nicht wissen, ging den Weg weiter, seinen Weg, den er, wie er glaubte, zu gehen hatte.

Nach einer guten Stunde erreichte er das Türmchen; längst war das T-Shirt nass geschwitzt. Er trank Wasser aus der bald leeren Flasche, füllte sie mit Schnee, was eine schlechte Ausbeute darstellte. Doch Eis, wenn er irgendwo welches hätte abbrechen können, schmolz nicht so schnell.

Gewissenhaft studierte er die Karte, und dabei verfiel er für einen Moment in eine vollkommene innere Ruhe. Alles, was er auf diesem letzten Stück der Wanderung erreichen würde, fast alles, was ihm zustoßen würde, hatte mit dieser Karte zu tun; sie gab ihm Sicherheit. Wohl kein Land stellte so genaue Wanderkarten her wie die Schweiz; die Schweizer Wanderkarten waren ein Kunstwerk, nicht nur ästhetisch, sondern auch wegen ihrer Exaktheit ein Genuss. Jede Erhebung, Ausbuchtung, jeder Graben war eingezeichnet; als geübter Kartenleser brauchte man weder Wege noch Wegweiser, man konnte sich allein am Gelände orientieren. Gab es eine kleine Bergspitze? – man fand sie auf der Karte wieder; standen da vier-fünf Bäume beisammen, die einen Miniwald bildeten? – sie waren eingezeichnet; hatte man von einem Gebüsch umwachsen einen Brunnen entdeckt? – das Zeichen für Brunnen musste auf der Karte zu finden sein; stieg der Weg an oder fiel er ab, machte er eine sanfte Wendung nach rechts oder einen spitzen Winkel nach links? – jede Kleinigkeit war festgehalten.

André suchte sich ein neues Zwischenziel, eine neue rotweiße Wegmarkierung; das Einzige, was infrage kam, war ein schmaler Ausläufer, auf den er gelangen musste.

Die Aussicht wurde immer grandioser. Zusammen mit dem schönen Wetter beinahe kitschig, was ihn irritierte, als könnte etwas nicht stimmen. Sosehr er hoch hinauf, am höchsten hinaufgewollt hatte – dass jetzt fast alle Berggipfel unter ihm lagen, machte ihm Angst. Schwindelte ihm? Aber nein. Spürte er, dass er die Welt unter sich gelassen, die Welt verlassen hatte?

Er hatte hinaufgewollt, immer weiter hinauf. Doch was tat er, wenn es nicht mehr weiter hinaufging? Der Grund, auf dem er wanderte, der Berg wurde immer schmaler. Bereits war der Umfang des Gipfels abzusehen; mit Flügeln wäre er leicht zu umrunden. Irgendwann würde er oben angekommen sein und den nächsten Schritt machen wollen, aber da wäre nichts mehr, nur noch Luft. Dann führte nur noch eine Lufttreppe weiter hinauf. In eine andere Welt?

Mit einem kurzen Schütteln des Kopfes tat André diese philosophischen Überlegungen ab. Oben angekommen, hätte er sein Ziel erreicht und könnte zufrieden mit dem Abstieg beginnen.

Sorgen machte ihm die Sonne. Obwohl der Mittag und der erste Teil des Nachmittags längst vorbei waren, hatte sie an Kraft noch einmal zugelegt, weshalb er weiter im nass geschwitzten T-Shirt ging, durstig. Das Wasser wurde knapp. Er hätte einen Sonnenhut gebrauchen können; daran hatte er in Berlin nicht gedacht. Ein Sonnenstich war in seiner Situation, allein hier oben, nicht angenehm, konnte zu einer ernsten Gefahr werden. Sorgen machte er sich auch, weil es nicht nur warm, sondern zu heiß war, der Himmel zu blau, weil vielleicht später urplötzlich, wie in den Bergen üblich, ein Gewitter über ihn hereinbrechen würde. Das war keine schöne Vorstellung.

Dachte er noch an Louise? Wollte er nicht zu ihr zurück, das Abenteuer abbrechen, seiner Freundin folgen? Hätte es nicht von besonderer Stärke gezeugt, dass er es nicht nötig hatte, den starken Mann zu spielen? Er spielte nicht den starken Mann, nein, das wollte er nicht, er war bloß unterwegs, ging seinen Weg weiter, den Weg, der für ihn bestimmt war. Und Louise – an Louise dachte er noch, dachte er beinahe ununterbrochen. Sie befand sich so weit von ihm entfernt, dass er sie nicht mehr erreichen konnte, selbst wenn er wollte. Als wäre sie nach Afrika verreist, nach Südamerika, China. Oder als hätten sie vor fünf, zehn oder zwanzig Wochen ihre Beziehung beendet und als dächte er daran, an ihrer Wohnungstür zu klingeln. Nein, Louise war weg, jetzt trennte der Berg sie beide wie das Meer sie trennen würde, wenn Louise in Afrika oder Südamerika wäre. War sie noch Teil seines Lebens? Sein Leben, das war nun der Gang durch den Schnee, die Bezwingung des Berges.

Vor André, der seit einigen Minuten nicht hinauf-, sondern an dem Hang entlanggegangen war, eröffnete sich eine steil abfallende Fläche, wie eine weite Bucht in den Berg hineingewölbt; gemäß Karte ein Schuttfeld, ein breites Steinrutschgebiet, das unter Schnee lag.

Bei den Pfadfindern, auf jenem Hike, der für ihn besonders wichtig geworden war, hatten sie, damals im Hochsommer, aus einer Dummheit heraus ein solches steiles Schuttfeld zu durchqueren versucht. Der verantwortliche Leiter war leichtsinnig, übermotiviert gewesen; denn: wie auf der Karte eingezeichnet war, fiel das Feld etwa achtzig Meter unterhalb der Stelle, wo sie es zu durchqueren versuchten, mehrere Meter senkrecht ab – tödlich für denjenigen, der hinunterfiel.

Sie waren etwa zehn oder zwölf Leute gewesen, davon zwei Leiter, die Kinder zwischen elf und vierzehn Jahren. In einer Reihe, der verantwortliche Leiter vorne, der andere hinten, durchquerten sie sorgfältig das rutschige

Feld; sie schlichen, glitten eher, als dass sie schritten, um keinen der kantigen, klappernden Steine ins Rollen zu bringen, um nicht plötzlich mit dem einen Fuß wegzurutschen, und doch mussten sie in den Schutt einen Pfad hineintreten. Alle hatten sie Angst, und vor Angst zitterten, wackelten die Beine. Nicht viel fehlte, und sie wären in Panik ausgebrochen.

Nach einer Stunde, sie hatten noch nicht einmal die Mitte des Feldes erreicht, kehrten sie um, gaben auf. Nun war die Angst noch größer, ein Ausbruch der Panik noch näher. Doch sie kamen wohlbehalten zum rettenden Ufer zurück.

Dachte André heute daran, konnte er sich nur an den Kopf fassen. Wie sehr hatten die Leiter damals das Glück herausgefordert! Wie leicht wäre es möglich gewesen, dass ein oder mehrere Kinder den Hang hinunterstürzten, aufgrund eines Fehltritts oder eines Panikausbruchs, und was wäre dann geschehen? Einmal ins Rutschen gekommen, hätte es kein Halten gegeben. Das Kind oder die Kinder wären wie auf einer Rutschbahn ungebremst auf den senkrechten Abhang zugeglitten – und dann? Nicht auszudenken.

André war allein. Keine Kinder hatte er dabei, nicht einmal Louise, für die er sich verantwortlich fühlte. Keine anderen Wanderer waren da, die er hätte mit sich reißen können. Niemand konnte in Panik ausbrechen und eine Lawine auslösen, nur er selbst.

Er sagte sich, dass es damals zwar richtig gewesen war,

noch vor der Mitte des Feldes umzukehren, er das Feld aber trotzdem gerne ganz durchquert hätte. Die Kapitulation von damals ärgerte ihn noch heute; immerhin war ihm nun so etwas wie eine Revanche möglich.

Es war zu schaffen. Vielleicht geschah auch ein Unglück, vielleicht kam er ums Leben, aber in diesem Moment war er der Meinung, dass ihm das Abenteuer dies wert war. Lieber aufs Ganze gehen und ein kurzes Leben, als ein ewig langes Leben ohne Würze.

Mit größtmöglicher innerer Ruhe betrat er das steile Schneefeld, setzte selbstbewusst einen Fuß vor den anderen, atmete kaum hörbar, denn auch ein Schrei oder ein Atemzug, so schien es in der totalen Stille, konnte eine Lawine auslösen. In Gedanken jedoch sprach er mit dem Feld. Er hielt es fest, hielt es zusammen mit seinem Blick, der so stark war, als würde er Lawinenverbauungen hineinbohren.

Für den liegenden Schnee bestand, dachte André, kein Anlass, ins Rutschen zu kommen. Denn er, André, war Schnee. Er war Schnee, der leise auf Schnee rieselte.

Er vermied Bewegungen mit dem Oberkörper. Nur die Arme balancierten, falls nötig. Die Beine taten langsame, zarte Schritte, ein Fuß vor den anderen, so sanft, dass der Berg es nicht spürte.

So kam er Meter für Meter voran, drang tiefer und tiefer in das rutschige Feld hinein.

Mit einer leichten Drehung des Kopfes, die nur vom Hals ausging, nicht auch nur ansatzweise vom Oberkörper, wagte er einen Blick nach rechts, nach oben, auf den oberen Teil des Feldes, um zu prüfen, ob alles in Ordnung war. Allein diese Kopfdrehung bewirkte, dass sein Gewicht sich auf das linke Bein verlagerte, das hangabwärts stand, und er einige Zentimeter tiefer in den Schnee einbrach. Er fing sich auf, sicher wie ein Akrobat. Nichts war geschehen. Nun konnte er nach oben schauen, und er entdeckte etwa zehn oder zwanzig Meter über sich – die Meterzahl war schwer abzuschätzen, das Gefühl dafür war ihm auf einmal abhandengekommen, als sei er in einem Zustand der Panik – einen der Länge nach verlaufenden Riss im Schnee. War er schon vorher da gewesen oder erst jetzt entstanden?

André erstarrte, gefror zu Eis. Er hielt den Atem an, als könne er so auch den Fortgang des Geschehens anhalten. Doch er war bereit – bereit zu reagieren, wenn eine Lawine losging, mit Armen und Beinen zu schwimmen, um sein Leben zu schwimmen, damit er oben bliebe, zu schwimmen wie im Süden im Meer.

Nichts geschah.

Noch immer erstarrt, die Zeit anhaltend, konnte er überlegen, was zu tun war. Umkehren oder weitergehen? Sogleich sagten ihm sein Gefühl, sein Bauch, oder war es sein Ehrgeiz?, dass es nicht klug war, denselben Weg noch einmal zu gehen, dieselben Stellen noch einmal mit seinem Gewicht zu belasten. Aber wenn er weiterginge und am rettenden Ufer ankäme – wie gelangte er am nächsten Tag bei seinem Abstieg wieder zurück?

André besann sich darauf, einen Schritt nach dem anderen zu machen. Diese Aufgabe konnte er später noch immer lösen. Er ging weiter, ruhig, unbeirrt, und hielt mit seinem Willen den Schnee fest.

19
Wille

Den Rucksack in den Schnee gesetzt, den einen Fuß in den Hang gestellt, die Unterarme auf das angewinkelte Bein gestützt, so stand André da und blickte zufrieden auf das rutschige Feld zurück, das er soeben durchquert hatte. Seine gute Laune wurde einzig dadurch getrübt, dass Louise nicht dabei, nicht Zeugin seines Könnens war. Erzählte er ihr später von diesem Rutschfeld, einer Lawine in Startposition, würde sie ihm nicht glauben; bestimmt hielte sie ihn für einen Angeber.

Dabei war seine Leistung, die Art und Weise, wie er dieses Abenteuer im Abenteuer durchgezogen hatte, famos gewesen. Der Deutsche, der bequem in der Berghütte arbeitete, dieser Gute-Laune-Mensch, diese Frohnatur, dem Louise sofort auf den Leim gegangen war, der hätte vor diesem Feld kapituliert wie ein Meerschweinchen, das vor einem Hindernis stand. Vermutlich aber hätte er es nicht einmal bis hierher geschafft, bereits das Schneemeer wäre über seine Kräfte gegangen, möglicherweise sogar der Kamin. Für ihn als Erzgebirgler lag selbst die Berghütte auf einer Höhe, die schwindelerregend war. Vermutlich ging er jeden Abend mit Kopfschmerzen ins Bett.

André ärgerte sich, dass Louise seine Leistung nicht sah. Ohne Zeugen war eine solche Tat wertlos. Niemand würde ihm glauben. Leider hatte er keinen Fotoapparat dabei, um das Abenteuer wenigstens zu dokumentieren.

Denn was er Louise anhand dieser gefährlichen, die Nerven vernichtenden Durchquerung hätte demonstrieren können, war die Richtigkeit eines Satzes von Lord Baden-Powell of Gilwell, dem Gründer der Pfadfinderbewegung:

»Wo ein Wille, ist auch ein Weg.«

Dieser Satz, den er bei den Pfadfindern bereits früh gelernt hatte, vielleicht im Alter von acht oder neun Jahren bei der Jungwolfprüfung, war ihm bald zu einer Stütze, zu einem Leitstern geworden, der ihn durch das Leben führte. Auf diesen Satz – man musste nur an ihn glauben – war Verlass. Mit seinem Willen erreichte man alles oder, anders formuliert: man erreichte genau das, was man erreichen wollte.

Nichts da mit Jammereien, mit Ausreden, einer Blase am kleinen Zeh, einem schmerzenden Knie, mit Klagen, dass es zu spät sei, einen neuen Beruf zu wählen, mit der Gemeinheit der anderen, die gegen einen waren, mit der Ungerechtigkeit des Schicksals, einer Phase des allgemeinen Unwohlseins, einem ungünstigen Biorhythmus … Alles Quatsch.

Der Satz forderte ein Maximum an Eigenverantwortung. Man sollte sein Schicksal selbst in die Hand nehmen und nicht auf Hilfe warten. Die Befolgung des Satzes führte zu einer Haltung, mit der man aufrecht durch das Leben ging, selbstbewusst und zufrieden. So war es bei ihm gewesen, und so war es noch immer.

Der abenteuerliche Hike, den er als kleiner Junge bei den Pfadfindern überstanden hatte, war die Vorführung, das Durchleben dessen gewesen, was der Satz meinte. Während dieser drei Tage mit viel zu schwerem Gepäck war sein Wille gereift wie das Immunsystem eines Kleinkindes, das mit einer Krankheit oder einer Infektion zu kämpfen hatte und deshalb stark wurde. Auf diesem Hike hatte er, wenn er glaubte, dass die Kräfte ihn verließen, den Satz in Gedanken immer wieder aufgesagt, lief dem Satz hinterher wie ein Esel einer Rübe, die man ihm mit einem Stecken vor die Nase gebunden hatte. Und als er stark geworden war und seinen Pfadfinderkollegen davonmarschierte, da wusste er, was der Satz, den er bereits vor Jahren auswendig gelernt hatte, wirklich bedeutete. Er hatte den Satz erlebt, ihn verinnerlicht; er war der Satz.

Seither, spätestens nach einigen ähnlichen Erfahrungen als Jugendlicher, wusste André im tiefsten Innern, dass er, solange er seinen Glauben an den Satz nicht verlor, im Grunde unbesiegbar war. In all den Jahren, immerhin rund ein Vierteljahrhundert, hatte er mit seinem Willen alles erreicht, was er unbedingt hatte erreichen wollen. Selbstverständlich hatte es immer wieder Dinge gegeben, die ihm nicht wichtig gewesen waren, Gelegenheiten, die er sausen ließ, kleine Misserfolge, über die er später lachen konnte.

Als er jetzt jedoch dastand, das eine Bein stolz in den Hang gestellt, jenes, dessen Knie ähnlich schmerzte wie der Kopf bei einer beginnenden, besonders starken Migräne – ein Leiden, das er als Kind gehabt hatte, auch heute noch war er wetterfühlig –, und auf das weite Rutschfeld zurückschaute, das er so unauffällig wie ein Vogel überquert hatte, da wusste er, dass er den Gipfel erreichen würde. Jetzt war er nicht mehr aufzuhalten.

20
Der zweite kleine Unfall

André glaubte, nur unmerklich weiterzukommen, wertvolle Zeit zu verlieren, als er den anvisierten Ausläufer hochkraxelte, der so schmal und steil war, dass er scheinbar direkt auf den Gipfel führte. In Wahrheit ging er lediglich in den Kamm über, der, optisch einer Staumauer ähnlich, die Zacken des Berges miteinander verband und bei der höchsten, dem Gipfel, endete. André war genervt; genervt vom Berg, von Louise. Seine Bewegungen, sein Vorankommen sahen langsam aus, aber in Gedanken drechselte er Sätze, rasend schnell, Sätze, die er Louise sagen wollte, Sätze über Louise, tödlich wie Schüsse.

Die Trennung von ihm, die Kapitulation vor dem Berg, der Abstieg hinunter in gemäßigtere Zonen – das war schwach gewesen, damit hatte sie es sich zu einfach gemacht. Wo war ihr Wille geblieben? Sie hatte ihn stehen lassen und war gegangen; was aus ihm wurde, war ihr egal.

Das passte zu ihr. So handelte nur jemand, der sich selbst einen neuen Namen gab; einen neuen Namen – als könne man auf diese Weise ein neues Leben beginnen, das alte wie mit einem Schwamm wegwischen. Aber was hatte sie wirklich verändert? Sich eine neue Stelle gesucht?

Ein Studium begonnen? Nicht einmal die Wohnung, diese dunkel nach Norden ausgerichtete Grotte, prädestiniert für Schimmelbefall, hatte sie gewechselt, geschweige denn war sie in den Westen Berlins gezogen, näher zu ihm hin. Nein, im Westen wollte sie nicht wohnen. Er wäre durchaus in den Osten gezogen, aber zusammenzuziehen wäre schwierig geworden: Louise besaß eine Unmenge an Dingen, die sich über die Jahre angesammelt hatten, und es fiel ihr schwer, etwas wegzuschmeißen. An allem hing irgendeine Erinnerung. Und so hatte sie es auch nicht fertiggebracht, ihre Wohnung zu kündigen. Folglich behielten sie den langen Weg zueinander, vierzig Minuten mit S- und U-Bahn. Jedes Mal mussten sie packen, wenn sie sich sehen wollten, als würden sie in den Urlaub fahren.

André war der Meinung, dass Louise fast immer nur halbe Entscheidungen traf. Sie wich ihnen aus, und wenn sie doch eine fällen musste, dann so, dass sie niemandem wehtat.

In all den Wochen der Vorbereitungen hatte sie nie gesagt, dass sie auf die Wanderung keine Lust hatte. Erst jetzt, als es, wie sie glaubte, nicht mehr anders ging und nachdem sie lange rumgemeckert hatte und trotzig hinterhergelaufen war, gerade jetzt, kurz vor dem Ziel, vor der Kletterroute, die er doch unbedingt hatte hochsteigen wollen, gerade jetzt stellte sie auf stur und wollte partout nicht weiter.

Bei Louise wusste er nie, woran er war. Gerne hielt sie

Dinge im Geheimen, brütete Vorhaben aus und rückte erst spät damit heraus. So hatte sie ihm nicht zu Beginn ihrer Beziehung erzählt, dass Louise nicht ihr richtiger Name war, sondern erst vier Monate später. Er war aus allen Wolken gefallen. Keineswegs fühlte er sich hintergangen, enttäuscht jedoch war er, dass sie ihm das erst so spät gesagt hatte. Sie schien niemandem richtig zu vertrauen, und das machte sie ihm suspekt. Welche Geheimnisse hielt sie noch verborgen?

Er hatte damals gleich gedacht, dass ihr Verhalten von geringem Selbstvertrauen zeuge oder sogar krankhaft sei. Heute noch konnte er nicht verstehen, dass sie ihm ihren richtigen Namen nicht früher gesagt hatte. Noch heute ärgerte er sich darüber.

Mit solchen Gedanken im Kopf stieg er hoch. Hochsteigend klarte in seinen Gedanken die Falschheit Louises auf. Wie verschieden sie beide waren!

Endlich lag, beinahe greifbar, vor André, was auf der Karte mit so vielen, eng beieinanderliegenden Höhenkurven dargestellt war, dass man sie fast nicht mehr voneinander unterscheiden konnte: der Kamm, der zur Kletterwand führte. Selbst der Ausläufer, auf dem er sich noch befand, wurde nun so steil, dass er beinahe klettern musste. Um wegen des Gewichts seines Rucksacks nicht nach hinten zu kippen, nach unten zu purzeln, ließ er sich nach vorn fallen, nur wenige Zentimeter, und schon sanken die Hände in den Schnee. Dieses Stück wollte er auf allen vieren zurücklegen, ein Kraftakt zwar, aber mit absehbarem Ende: hundert Meter vielleicht, etwa die Höhe des rutschigen Feldes, das er vorhin durchquert hatte.

Dumm, dass er keine Handschuhe dabeihatte! Jetzt erinnerte er sich, dass sie früher zwar im T-Shirt durch den Schnee gewandert waren, aber Handschuhe getragen hatten. An den Händen fror man mitunter am schnellsten; sie mussten ja keine Bewegungen ausführen. Er ärgerte sich, dass ihm dieser Fehler unterlaufen war – aber er war zäh, und die Finger konnte er später wieder aufwärmen. Längst waren sie klamm, schmerzten, zwangen ihn mit Schmerzen, sie zu schonen.

Doch schon war die Passage geschafft, und er ging wieder aufrecht, wie ein Mensch. Meter für Meter wurde der Ausläufer schmaler, bis er schließlich nur noch hüftbreit war. Der Schnee darauf bildete ein Giebeldach mit einer vom Wind geschärften Kante.

André trat sie ein, stampfte einen Fußpfad. Bei jedem ungenauen Tritt rutschte er links oder rechts hinunter; falls er sich einmal mit dem anderen Bein und den Armen nicht auffangen könnte, würde er hinuntersausen wie auf einer Rutschbahn. Im Grunde konnte nichts geschehen, er müsste bloß wieder hinaufklettern – außer, eine Lawine löste sich.

Der Kamm lag immer noch ein Stück weit entfernt. Hatte André sich vorhin getäuscht? War es weiter, als er gedacht hatte, war er einer optischen Täuschung aufgesessen?

Jetzt wurde es ihm doch zu schmal und zu rutschig;

wieder ging er mit den Händen zu Boden. Einem Tier gleich, umklammerte er mit seinen vier Beinen die Kante, auf der er sich fortbewegte, umklammerte sie wie einen schräg in der Luft hängenden Baumstamm, auf dem er halb saß, halb lag, unter sich Hunderte Meter Luft, darunter Wald, Felder, Hausdächer … aber unter ihm: keine Zivilisation, nur weißes Gebirge.

Befand er sich wirklich auf dem richtigen Weg? Es schien ihm unwahrscheinlich, aber wo sonst sollte der Weg entlangführen? Und der Kamm lag vor ihm, greifbar mit hundert Meter langen Riesenarmen. Der Himmel leuchtete noch immer so blau, dass André misstrauisch wurde, sich fühlte, als wäre er Teil eines grellen Bildes.

Einen erstaunlichen Anblick boten die anderen Berge, die sich weit unter ihm befanden, viel weiter unten als früher; jetzt sah es nicht mehr nur so aus, sondern war Tatsache. Der Horizont lag tief, als wäre André im Himmel. Und ihn überkam das Gefühl, auf einem Hochseil zu gehen, unweigerlich bald abstürzen zu müssen, weil das Seil, auf dem er ging, immer dünner wurde.

Er robbte weiter, robbte halb auf allen vieren, halb rittlings den Ausläufer hoch, weiter und weiter, und nach einer schier endlosen, blinden Anstrengung erreichte er ein kleines Plateau. Er schaute auf den zurückgelegten Weg, so steil und rutschig, dass er ihn nicht vorwärts hätte hinuntersteigen wollen. Wie am nächsten Tag zurück?

Weiter! Er schaute nach vorn, schaute hoch. Eine Wand hatte er vor der Nase, er stand am Fuße des Kamms! Vor ihm ein beinahe senkrechter Aufstieg mit seltsamen, sesselartigen Schneehöckern, vermutlich Felsen, und schräg nach oben laufenden Kanten – das mussten die Fußpfade sein. Es sah aus, als wäre der Abhang einmal entstanden, indem eine Felsschicht weggebrochen war, vor Tausenden von Jahren, und dort oben, André schaute hoch, dort oben war dieser königliche Kamm, wie gemacht für ein Kalenderbild.

Da musste er hinauf. Und auf dem Kamm – leider konnte niemand ihn fotografieren – zur Kletterwand gelangen, die sich links davon wie die Mauer eines Turmes erhob. Auf einem Kalenderbild wäre das Abenteuer, diese totale Abgeschiedenheit festgehalten. Wie schnell konnte es geschehen, dass man hier abstürzte, verloren ging; wie leicht war in dieser Kammwand der Tod.

André hielt inne, hielt inne mit Nachdenken. Er wollte seinen Ängsten keinen Spielraum lassen. Gedankenlos ging er hinein in den Hang, hinein in den Kamm wie ins Meer. Schlug die Schuhspitzen in den Schnee, als wären sie Eispickel, trotz der Schmerzen am kleinen Zeh. Pflügte sich durch den alpinen Widerstand. Sprengte die Grenzen, die der Berg ihm zu setzen versuchte, haute sie weg mit seinem Zorn, stampfte sie nieder mit der Wucht seiner Energie. Wer verfügte hier über mehr Gewalt – der Berg oder André?

Er kämpfte sich vor zur ersten Kante und nahm den zugeschneiten Pfad unter die Füße. Trotzig, mit einer Wut im Bauch, die sich gegen Louise, gegen den Schnee, gegen die Welt richtete, stürmte er nach oben – jetzt stürmte er den Gipfel! So sah ein richtiger Gipfelsturm aus!

Ihm war egal, ob er sich wirklich auf einem Weg befand; die Felsen, auf die er steigen musste und die so groß waren, als handle es sich um Sessel für Riesen, gehörten kaum zum regulären Weg, falls es einen solchen überhaupt gab.

Bei kleinen Einbuchtungen schlug er hinten die Schuhabsätze in den Schnee, vorn die Fingerkuppen, und drückte sich mithilfe der Körperspannung nach oben. Erhob sich ein neuer schneebedeckter Felsen vor ihm, blieb er stehen; er ließ sich einen Moment Zeit, schaute ihn sich von verschiedenen Seiten an, um zu prüfen, wo er am besten hinaufgelangte. Dann nahm er ihn. Entscheidend war die richtige Mischung aus überlegtem Handeln, Entschlussfreude, Geschwindigkeit.

Was er hier vollführte, war meisterlich. Reif für einen Lehrfilm. Könnte Louise ihn jetzt sehen, sie würde staunen. Doch sie war nicht hier, sie hätte diese Herausforderungen auch niemals bestanden; zusammen wären sie erst gar nicht bis hierher gekommen.

Nun wollte er, bei genauerer Überlegung, ihr von seiner Leistung auch nicht mehr erzählen, wollte nicht um seine Glaubwürdigkeit kämpfen, keine Beweise vorlegen. Er wusste, in welche Form er seinen Willen und seine Kraft in diesen Stunden brachte, und er hatte es nicht nötig, damit anzugeben, hausieren zu gehen.

Und er sah den erlösenden, himmlischen Bergkamm

näher kommen. Er schaffte es, und diese Tour war weit mehr, als er bei den Pfadfindern jemals unternommen hatte, weit mehr, als er jemals wieder in Angriff nehmen würde. Er wusste, dass er mit den Jahren würde kleinertreten müssen, war er doch nicht mehr zwanzig, nicht einmal mehr unter dreißig.

Über ihm näherte sich der leicht gebogene Bergkamm wie eine Krone; André streckte den Hals. Dort oben angekommen, würde er sich auf dem Olymp befinden, auf seinem persönlichen. Ganz ohne Zeugen. Er hatte sie nicht nötig; sie waren ihm lästig.

Längst lag der Rucksack schwer auf den Schultern, die zusätzlich gegen den Schultergurt drückten, wenn er nach oben greifen musste, um sich festzuhalten. Auch die Empfindlichkeit der Hüftknochen hatte zugenommen; selbst eine leichte Belastung schmerzte. Und das geprellte Knie zitterte zusehends, ein Ärgernis, gegen das nichts unternommen werden konnte. Er hatte keinen Verband, mit dem er für zusätzliche Stabilität hätte sorgen können.

Noch zehn Meter. André stand im Hang, das letzte Stück wurde zunehmend steiler, erhob sich wie der Kamm eines Hahnes und bot keine Haltemöglichkeiten mehr. Er sah: Je weiter er hinaufgelangte, desto weniger gab es von den großen Felsen, die ihm Halt und Sicherheit boten, wenn er sie bestiegen hatte. Und die zahlreichen beckengroßen Steine, die unter dem Schnee nützliche Tritte gebildet hatten, waren verschwunden – glatt wie Glas war hier der Hang. Wie hinauf?

André versuchte es. Schlug die fünf gespreizten Finger der einen Hand in den harten Schnee und die fünf der anderen, setzte mit den Füßen nach, richtete sich leicht auf, warf die eine Hand nach vorn, schlug die Finger ein, warf die andere nach vorn, was ein abermaliges Aufrichten des Oberkörpers bewirkte, und spürte, wie das Gewicht des Rucksacks ihn nach hinten zog. Er versuchte, die Finger wieder in den Schnee zu schlagen, der ihm schon entgegenkam – und stürzte rückwärts.

Er fiel zwei oder drei Meter, landete auf dem Rucksack, blieb jedoch nicht im Schnee stecken, wie er gehofft hatte, sondern rutschte Kopf voran hinunter, der Rucksack im Schnee, der eine Menge davon wie eine Lawine mitriss. Den einen Arm ausgestreckt, versuchte er zu steuern, sich zu drehen, sodass er wenigstens mit den Füßen voran hinunterglitt, doch gerade als die Drehung halb vollzogen war, stieß er mit dem Ellbogen hart auf.

Endlich lag er still, zum Glück bei Bewusstsein. Vorsichtig hob er den Kopf, um zu prüfen, ob Gefahr drohte, von oben eine Lawine auf ihn zugesaust kam, ein Stein oder sonst etwas, doch nichts. Er lag in Sicherheit, gebettet im heimatlichen Schnee.

Jetzt musste er Ruhe bewahren, mit klarem Verstand die Lage analysieren. Unmittelbar drohte keine Gefahr. Er lag auf festem Untergrund, konnte den Oberkörper aufrichten, ohne Angst haben zu müssen, wieder ins Gleiten zu geraten.

Er schätzte, dass er fünfzig Meter nach unten gerutscht war. Als Erstes betastete er seinen Kopf, der weder schmerzte noch an einer Stelle blutete, machte mit dem Hals Bewegungen, prüfte die Beine, den Oberkörper, legte den Rucksack ab und untersuchte diesen nach Schäden, befühlte, so gut es ging, den Rücken, der von dem Rucksack geschützt gewesen war. Alles bestens. Er trank einige Schlucke, aß von dem kühlen Brot, das mehr und mehr austrocknete, bald hart sein würde.

Allmählich erst setzte der Schrecken ein, der Schrecken, dem Tod nur knapp entronnen zu sein. Und er war hier oben ganz allein. Wie schwach man war, allein! Jetzt zeigte sich, hatte sich gezeigt, was Louise ihm wirklich war.

André wusste, hatte seit Langem geahnt, dass er für sie nur einen Kompromiss darstellte, vielleicht gar einen mehr oder weniger guten, aber liebte sie ihn? Aus verschiedenen Aussagen, Nebensätzen von Louise hatte er herausgehört, dass der Anspruch an das Liebesglück so groß nicht war, man bei ihnen im Osten pragmatisch dachte: Träume, so etwas gab es nicht, das gehörte in das Reich der Fantasie! Mit einem Partner musste man auskommen, Grundlegendes sollte stimmen. Man nahm vieles in Kauf. Auch bei Louises Eltern war es doch so.

Einen Moment lang fühlte er sich nicht nur allein, sondern kraftlos, erniedrigt. Aber dann riss er sich zusammen, kam wieder zu Sinnen und schulterte den Rucksack. Zuerst musste er den Aufstieg zurück zur alten Stelle schaffen, bevor er die Aufgabe, die letzten zehn

Meter zu bewältigen, lösen konnte, und jetzt spürte er einen heftigen Schmerz im linken Ellbogen.

Kein Blut, das sah er gleich, war er doch im T-Shirt unterwegs. Der Arm ließ sich beugen und strecken, wenn auch unter Schmerzen, aber der Ellbogen war bereits angeschwollen. André überlegte nicht lange, legte den Rucksack wieder ab und drückte den gebeugten Ellbogen in den Schnee, zur Kühlung.

Mit der freien Hand nahm er die Jacke aus dem Rucksack und zog sie sich halb über. Gewissenhaft ließ er den Ellbogen statt fünf ganze zehn Minuten im Schnee; das war alles, was er tun konnte. Er musste weiter.

21
Auf dem Hahnenkamm

Dass er die fünfzig Meter, in normalem Gelände eine Nebensächlichkeit, hier eine beachtliche Kraftanstrengung, erneut zurücklegen musste, war ärgerlich. Doch André nahm es hin. Auch mit Louise stand er immer wieder an der gleichen Stelle, etwa, wenn sie ihre Tage hatte und gemeinsam verbrachte Zeit aus Vorwürfen und Übellaunigkeit bestand. Sie sprachen darüber, Louise war einsichtig. Doch einen Monat später dieselbe Situation. Dann zwei Wochen später wieder, obwohl sie da ihre Tage nicht hatte, aber Stress in der Arbeit. Er war es gewohnt weiterzumachen, als wenn nichts wäre; Augen zu, und bei Louise: Ohren zu und durch. Die fünfzig Meter Steigung hätte er auch noch drei- oder viermal genommen – Aufgeben, das kannte er nicht.

Unterhalb der Stelle angekommen, wo er abgestürzt war, blieb er stehen. Er wusste, dass er mit Kraft allein nicht auf diesen heimtückischen Hahnenkamm hinaufkäme; er brauchte dafür seinen Kopf, seine Schlauheit. Es musste einen Weg, eine Lösung geben. Er begann, den Berg zu untersuchen, bewegte sich vorsichtig auf der Höhenlinie nach rechts und nach links; vielleicht fand er eine Stelle, wo der Aufstieg möglich war.

André vergaß Louise und den Ärger, den er mit ihr hatte. Der Berg forderte, erfüllte ihn.

Rechter Hand wurde das Gelände, je weiter er ging, weniger gut passierbar, und auch in einiger Entfernung – er schaute mit und ohne Gletscherbrille, um sich von den Schatten, von der Gleichmäßigkeit des Weißes nicht täuschen zu lassen – wurde es nicht besser, im Gegenteil: wie die Fangzähne eines wilden Tieres verlief der Hang ober- und unterhalb der begehbaren Linie konvex; befand man sich auf der Linie, konnte man weder hinauf- noch hinuntersehen, man steckte halb im Berg, als sei man zwischen den oberen und den unteren Fangzähnen eingeklemmt.

Linker Hand hingegen bot ein Ausläufer, eine Ausbuchtung, die weniger steil war, Schutz – zumindest bildete André sich das ein. Der Vorteil bestand darin, dass er lediglich zwei sehr steile Meter zu bewältigen hatte, dann jedoch sich auf dem Ausläufer befand und auf dem kleinen Grat nach oben zum Hahnenkamm steigen konnte.

In den Hang hineingedreht, in eine Einbuchtung, die wie ein kleiner, auf der einen Seite offener Schacht war, gelangte André die zwei Meter hinauf, indem er den einen Fuß nach hinten drückte, den anderen nach vorn; die Arme benutzte er nur zum Ausbalancieren und für zusätzlichen Halt, sonst ging alles von den Beinen aus. Das Knie begann wieder stärker zu schmerzen. Er beachtete es nicht.

Oben verlief der kleine Grat zuerst steil, jener Stelle

ähnlich, an der er abgestürzt war. Er robbte, damit kein weiteres Unglück geschah, raupenartig hoch, wieder auf allen vieren, mit dem Oberkörper so nah am Schnee, dass er ihn berührte. Auf diese Weise konnte er nicht abermals das Gleichgewicht verlieren und nach hinten stürzen.

Als er endlich mit beiden Füßen auf dem Hahnenkamm stand, schwindelte ihm einen Moment. Er fühlte sich wie auf einem Baukran. Der Kamm war schmal und lang; nun gab es, den Gipfel und zwei-drei Zacken ausgenommen, nichts Höheres mehr, die Berge, der Schnee, das Eis – alles lag unter ihm. Hinter ihm einige niedrige Zacken des Kammes, und etwa einhundert Meter vor ihm die größte Zacke, die sich hinter einem kleinen Plateau erhob: die Bergspitze mit der Kletterwand, deren Besteigung er seit Monaten geplant hatte!

Eine Aussicht wie aus dem Flugzeug. Die Welt lag ihm zu Füßen. Tausende Jahre alte Berge, höchstes Gestein, Schnee und Eis, das nie schmolz, reichten nicht einmal an seine Zehen heran. Er hätte sich fallen lassen können, wie wenn man in einem Flugzeug saß, das über hellgrauen, verspielten Wolkengrüppchen dahinflog, die eine wattene, himmlische Sofalandschaft bildeten – sich fallen lassen für einen Moment der Selbstverdichtung.

War er jemals so sehr er selbst gewesen?

Wie im Traum glitt er auf die große Zacke zu, auf die höchste Zacke der Krone, die er nach ihrer Besteigung sein Eigen nennen konnte, wandelte ganz ohne Kraft hin zum Olymp, und es schien, als wären die Götter beiseitegetreten, um ihn einzulassen.

Dort vorn war schon das Tor, die Wand, an der er schwerelos hinaufsteigen würde, er musste nur die Finger in die Griffe setzen, die Füße in die Tritte; alles Weitere ginge wie von selbst, der Himmel zog ihn an, half ihm nach oben. Er fühlte, wie nach dem furchtlosen Bestehen der gefährlichsten Passagen die Götter auf seiner Seite standen, ihm das letzte Stück erleichtern, geradezu versüßen wollten.

22
Die Überwindung des Überhangs

Götter! André blieb auf dem Boden der Realität. Er ließ sich nicht blenden. Sachte, sachte – erst einmal den alten Plan überdenken.

In Berlin hatte er sich Folgendes überlegt: Hier, direkt vor der Kletterwand, wo ein kleines Plateau Platz genug bot, würden sie – Louise und er – ihre Rucksäcke deponieren. Erst stiege er hoch, genösse oben den Weitblick und käme wieder herunter, wobei Louise ihn mit dem Seil sicherte, dann stiege sie hoch und er sicherte sie. Danach bauten sie gemeinsam am Fuße der Kletterwand ein Iglu, genau so, wie er es bei den Pfadfindern in einem Winterlager gelernt hatte. Vor allem wegen Louise hatte er in Berlin den Bau des Iglus geplant; er war sicher, dass sie begeistert sein würde über die Wärme und die Heimeligkeit in dieser Eskimohütte.

Nun war es anders gekommen. Er stand allein vor der Kletterwand, und allein machte ihm der Bau eines Iglus keinen Spaß. Er würde sich später einfach im Schlafsack in den Schnee legen. Der Schlafsack wurde gegen die Nässe von einer Goretex-Hülle geschützt, deren Nähte verschweißt und somit wasserdicht waren.

Wie aber kam er – ohne Louise, die ihn sicherte – gefahrlos die Kletterwand hinauf, und was sollte er mitnehmen? Ohne Louise ließ er den Rucksack ungern unten, in dem Rucksack steckte alles, was er für sein Überleben brauchte. Den Rucksack abzulegen und einige Meter unter sich zu lassen, ihn aus den Augen zu verlieren, war ein erhebliches Risiko. Es konnte immer etwas geschehen, irgendetwas, das er nicht für möglich gehalten hätte: vielleicht wehte der Wind den Rucksack davon. Ohne Rucksack wäre er verloren.

Aber es kam nicht infrage, mit dem Rucksack hinaufklettern zu wollen. Einerseits verfügte er über keinerlei Erfahrung, was das Klettern mit einem Rucksack betraf, andererseits war die Route so anspruchsvoll, dass er sich nicht zutraute, sie mit schwerem Gepäck zu klettern, zumal sie im oberen Teil überhängend war. Den Rucksack hinaufzunehmen war ein Ding der Unmöglichkeit, geradezu selbstmörderisch.

André musste ihn unten lassen, wie ursprünglich geplant. Er wollte jedoch die warme Jacke anziehen und ihre Taschen mit einigen wichtigen Utensilien füllen, von denen er sich unter keinen Umständen freiwillig trennen durfte. Zwei-drei Getreideriegel zur Stärkung wollte er mitnehmen; für das Taschenmesser fand er oben jedoch keine Verwendung, auch den Kompass konnte er nicht gebrauchen, ebenso den Gaskocher, der ohnehin zu groß war. Andere, nützliche Dinge fielen ihm nicht ein.

Wozu waren ihm Kletterseil, Karabiner und Bandschlingen dienlich, wenn er niemanden hatte, der ihn sicherte? Auch diese Ausrüstung würde er, zusammen mit dem Rucksack, unten lassen, leicht in den Schnee eingegraben, damit selbst bei starkem Wind, bei einem Erdbeben oder wenn tausend Schneeameisen beschlossen, diese Güter wegzutransportieren, nichts passieren konnte.

Er durfte seine Sachen nicht verlieren, vor allem den Schlafsack nicht; ohne ihn würde er die Nacht nicht überleben.

Hier, hoch oben, war die Sonne noch zu sehen. Sie stand auf gleicher Höhe, leuchtete André an wie das Ende eines Tunnels. Aber sie sank herunter, nein, hinunter, sie sank von ihm weg in die Tiefe. Er konnte ihr dabei zusehen, und wenn er die anderen Berge anblickte – sie lagen alle bereits im Halbdunkel, Gräben und Täler verschwunden in finsteren Schatten.

Er musste sich beeilen. Sollte er nicht wenigstens den Schlafsack mitnehmen, für alle Fälle?

Nach kurzem Überlegen beschloss er, es nicht zu tun. Er konnte ihn auf die Schnelle nicht so gut am Rücken befestigen, dass er von ihm beim Klettern nicht behindert werden würde, und er durfte keine Zeit mehr verlieren. In zwanzig Minuten war es dunkel. Und er wollte heute noch hinauf, nicht erst morgen; in den frühen Morgenstunden, wenn die Glieder noch steif waren, kletterte es sich nicht gut. Außerdem würde der morgige Tag streng werden und zeitlich knapp; einige Herausforderungen warteten, etwa das erneute Durchqueren des rutschigen

Feldes, auf dem sich eine Lawine lösen konnte. André mochte nicht daran denken, wie er da wieder hinübergelangen sollte.

Er zog die Jacke an, füllte eine Tasche mit Getreideriegeln und machte sich innerlich bereit für den Höhepunkt des Abenteuers, das kurze, ungesicherte Klettervergnügen. Er schätzte, dass er für den Aufstieg fünf bis sieben Minuten brauchen, oben zwei Minuten seinen Triumph genießen und für den Abstieg abermals fünf bis sieben Minuten benötigen würde. Danach ging vermutlich auch schon die Sonne unter.

Ohne Rucksack fühlte er sich leicht, geradezu schwebend, zweifelsfrei ein entscheidender psychologischer Vorteil. Er trat an die Wand heran, prüfte die Griffe, die sich von jenen in der Kletterhalle grundlegend unterschieden, handelte es sich doch eher um Kanten und Rillen als um richtige Griffe. Sie waren kalt, wenn auch schneefrei, frei von Eis. Er überlegte, wie er die ersten Meter am besten steigen sollte, um diese in einer kräfteschonenden, hohen Geschwindigkeit zu meistern. Früh genug würde er danach Pausen einlegen müssen und entscheiden, welche Griffe er wählte. Schließlich kannte er die Route nicht.

Der Beginn war nach seinem Geschmack. Gut sichtbar gab es auf Kniehöhe für die Füße zwei nah beieinanderliegende Tritte und wenig oberhalb ein streichholzschachtelgroßes Stück Fels, das herauslugte und an dem er sich mit Daumen und Fingern festklammern konnte. Danach folgte ein langes, glattes Stück, und erst weit oben, dem Anschein nach unerreichbar, befand sich eine erlösende Kante. Wie mit der freien Hand dort hinaufkommen? – das hätte sich jeder Anfänger gefragt.

André kannte ähnliche Kombinationen aus der Kletterhalle. Er trat auf die Tritte, hielt sich an der steinernen Streichholzschachtel fest, die sich nun auf Oberschenkelhöhe befand, zog sich nah an den Felsen heran, um nicht nach hinten zu kippen, drückte sich mit den Beinen hoch, während er mit Daumen und zwei Fingern das Nach-hinten-Kippen verhinderte, bewegte den freien Arm sachte, nah an dem Felsen entlang nach oben und verankerte die Finger in der Kante. So ging das.

Nun konnte er mit dem einen Fuß auf den Streichholzschachtelstein steigen; an der Kante, die auf Brusthöhe war, stemmte er sich hoch, positionierte die Spitze des linken Schuhs in einer Rille, ebenso jene des rechten, sodass er in einer Grätsche stand, einer unsicheren Stellung, aber so vorsichtig wie bei einer Bombenentschärfung schwebte bereits die freie Hand nach oben – und gerade als sein Körper zu wanken begann, drohte, von der Wand wegzukippen, fassten die Finger nach einem perfekten Griff.

Fürs Erste stand er sicher, an drei Punkten fixiert. Auf Höhe des Bauches – ideal positioniert – befand sich einer der im Felsen verankerten Haken, an denen er sich mit Karabiner, Bandschlinge und Seil – wie in der Kletterhalle an den Exen – hätte sichern sollen, aber wegen Louises Untreue nicht konnte.

Er hatte bereits eine beachtliche Höhe erreicht; ein Absturz bliebe nicht folgenlos. Zweifelsfrei wurde die Route schwieriger: eine senkrechte Kante, einen halben Meter tief, hob sich von der Wand ab. Man musste sich darin verkeilen, den einen Fuß gegen die Fläche der Kante und den anderen gegen die Wand drücken, die einen rechten Winkel bildeten. Aber wo war der nächste Griff?

André wartete einen Moment. Er wollte sich nicht in eine ungünstige Lage bringen, in der er nicht mehr weiterwusste; das war verheerend, da kräfteraubend. Stattdessen suchte er in der Wand nach möglichen Griffen, hielt sich noch immer mit dem linken Arm fest, der gestreckt war, was nicht viel Kraft kostete. Fehlten vielleicht Griffe? Es konnte doch nicht sein, dass es keine Griffe mehr gab.

André fühlte sich betrogen. Und er erinnerte sich, dass es ihm in der Kletterhalle auch schon so ergangen war, vor allem im Außenbereich, wo Louise und er seit den ersten warmen Tagen im Frühling kletterten. Neben einer glatten Wand, an die Griffe und Tritte geschraubt waren, befanden sich auch mehrere hinkelsteinähnliche Wände, und diese Hinkelsteine waren ein viel besseres Imitat eines echten Felsens: sie waren nicht glatt, sondern mit Kanten und Spalten, mit Ritzen und Rillen, und man musste diese nutzen, denn mit den angeschraubten Griffen und Tritten allein kam man nicht hoch. An diesen Hinkelsteinen hatte er oft das Gefühl gehabt, dass Griffe fehlten, dabei war er bloß nicht schlau und mutig genug gewesen, sich auf kleinste Kanten und Rillen zu verlassen.

Hier also eine ähnliche Situation. Nicht die Griffe fehlten – er war ein verwöhnter Hallenkletterer.

Jetzt aber befand er sich an einem echten Felsen, ohne Sicherungsseil; jetzt ging es um das nackte Überleben. Er musste weiter, seine Kräfte ließen nach.

Er bäumte sich auf, wagte den Aufstieg ins Ungewisse, verkeilte die Beine zwischen Kante und Wand, hielt sich noch an dem guten Griff fest, nunmehr mit stark angewinkeltem Arm, was nicht länger als einige Sekunden durchzuhalten war, suchte mit der anderen Hand nach einem neuen Griff, fand mehrere lose Steinchen, er konnte sie nicht sehen, suchte weiter, zunehmend verzweifelt, ließ die Finger über den Felsen gleiten, ertastete eine Spalte, in die seine Fingerkuppen hineinpassten, zog sie in der schmaler werdenden Spalte schräg nach unten und verankerte sie, indem er sie einklemmte.

Nun hielt er fest. Doch nicht so gut, dass er sich ganz an die Finger hängen konnte; ein großer Teil seines Körpergewichts musste auf den Beinen bleiben, und dafür war es zwingend, dass er mit der Hüfte nah an der Wand blieb, sich mit dem Arm an die Wand heranzog, was wiederum Kraft brauchte.

Vorsichtig schob er die freie Hand nach oben in Richtung eines Griffes, den er entdeckt hatte. Da fehlten knapp zwanzig Zentimeter! Himmel! Er musste ruhig bleiben. Auch diese Situation kannte er aus der Kletterhalle: man kriegte einen Griff nicht zu fassen. Entweder konnte man hochspringen, was manchmal die einzige Lösung, jedoch mit einem erheblichen Risiko verbunden war, vor allem, wenn man die Route nicht kannte; hier, ungesichert und allein, verbot sich das grundsätzlich. Oder man drückte sich langsam hoch, obwohl man glaubte, den Halt zu verlieren; oft verlor man ihn nicht, wenn man sich nur nah genug an der Wand hielt.

Man brauchte Vertrauen, musste mit der Wand verschmelzen. Er benutzte oft den Vergleich mit einer Eidechse, die am Wegesrand eine Steinmauer hochkletterte: ihr Körper flach an der Mauer. So musste man klettern!

Er setzte um, was er wusste. Hielt sich mit den Fingern in der Spalte fest, drückte mit den Beinen nach oben, tippelte mit den Fingern der anderen Hand an der Wand entlang hoch, nutzte jede kleinste Unebenheit aus, um darin Halt zu finden, vergaß nicht, seinen Bauch, sein Becken mithilfe der Körperspannung nah an den Felsen zu bringen.

Und dann ertasteten die Finger den rettenden Griff, eine Kante, in die er alle vier Finger versenken konnte wie in der Regenrinne eines Hausdaches – was für ein Luxus!, eine Wohltat!

Auch die Füße fanden jetzt, da er ein Stück weiter hinaufgelangt war, guten Halt. Er stand senkrecht auf den Beinen, benötigte im Arm, der in der Regenrinne verankert war, fast keine Kraft, konnte die beiden Arme sogar ablösen, sich einmal mit dem linken, dann mit dem rechten festhalten.

André pausierte. Schüttelte den rechten Arm aus, wenn der linke arbeitete, und umgekehrt. Er war überrascht von dem Schwierigkeitsgrad dieser Route. Hätte er das vorher gewusst, er wäre ohne Seil nicht hinaufgestiegen. Aber nun steckte er im oberen Drittel der Wand, und es gab nur eine Möglichkeit: er musste weiter!

Eine Umkehr war ausgeschlossen, dafür reichten seine Kräfte nicht. Er musste nur noch das überhängende Stück schaffen, vielleicht zwei Meter, und er wäre oben, vorerst gerettet. Die Vorstellung, die ihn nun beschlich, nämlich dass er abstürzen könnte, machte ihn wirr im Kopf. Er stand im Felsen, fast ohne Kraft zu verbrauchen, und hatte Angst, mit der Fußspitze abrutschen, beim Handwechsel aus Unachtsamkeit die Dachrinne aus den Fingern verlieren zu können. Er musste nur für eine Sekunde das Bewusstsein verlieren, und mit seinem Leben wäre es vorbei.

André beschloss weiterzuklettern. Er durfte nicht ins Zaudern geraten; Zaudern, Unentschiedenheit – das war der Tod. Er hatte nur eine Chance, wenn er die Dinge mit einer Selbstverständlichkeit tat, als gäbe es keine Zweifel.

Mit einer routinierten Bewegung griff er nach hinten an sein Gesäß, aber da hing kein Magnesiumbeutel. Diesen Beutel, mit dem er in der Halle immer kletterte, hatte er auf die Wanderung nicht mitgenommen. Und er schwitzte in seiner Jacke, schwitzte, weil die Sonne ihn anstrahlte, schwitzte vor Angst, und auch die Hände, die Finger waren feucht. Sie zitterten und versprachen nur schlechten Halt.

André sammelte sich. Wo ein Wille, da war ein Weg. Er hielt sich mit beiden Händen an der Dachrinne fest, stieg mit den Füßen so hoch hinauf wie möglich, fasste mit der linken Hand nach dem Griff, der sich unterhalb des überhängenden Felsstückes befand – eine Art Fach, das als Standort für ein kleines Vogelnest geeignet war –, ließ die Dachrinne los, trat mit den Füßen nach, wieder so weit hoch wie möglich, und warf die freie Hand nach oben. Da musste etwas sein, ein guter Griff, doch er sah nur wieder ein kleines Stück Stein, das wie eine Streichholzschachtel herauslugte und auf dessen obere Fläche er seine Fingerkuppen legen konnte – mehr nicht.

In der Kletterhalle war das eine Sieben. Im Toprope kam er die eine oder andere hoch, wenn auch mit Pausen, im Vorstieg war er chancenlos. Einmal hatte er im Vorstieg eine Sieben versucht, eine Route mit neuen, porösen Griffen, doch dieser konstante Überhang in Kombination mit kleinen, schlechten Haltemöglichkeiten, teilweise Klötzchen wie diese Streichholzschachteln, hatte seine Kräfte überstiegen. Technisch war die Route mit ein wenig Übung durchaus zu machen gewesen, er hatte sie, mit Pausen alle zwei Meter, bis in das obere Drittel geschafft, doch dort, im Anschluss an einen stark überhängenden Teil, hielt er sich mit Fingern, die er nicht mehr spürte, an einem Klötzchen fest, während die andere Hand verzweifelt versuchte, das Seil zur Exe, zum Karabiner hochzuziehen, der ein Stück über seinem Kopf hing, und er spürte, dass es nicht reichte, alles zitterte, die Finger, die Hände, die Beine, und er hatte noch immer Angst, im Vorstieg zu fallen, da konnte man durchaus vier-fünf Meter hinunterstürzen. Er beschloss, die Griffe der anderen Routen zu nehmen, um das Seil in den Karabiner einklicken zu können, damit er nicht so weit hinunterfiele, doch auch die Griffe der anderen Routen waren schlecht, entweder klitzeklein oder groß und rund, sodass er bloß seine weit geöffnete Hand darauflegen und versuchen konnte, so ein wenig Halt zu finden. Irgendwie hatte er es damals geschafft, vielleicht hatte er sich sogar am Karabiner selbst festgehalten, was man nicht tun sollte, weil man sich im Falle eines Sturzes die Finger verletzen konnte.

Diese Szene ging André in Sekundenschnelle durch den Kopf, als er sich an der steinernen Streichholzschachtel festhielt. Er wusste: Diesen Griff hielt er nur wenige Sekunden, dann war die Kraft weg. Und er hatte nur eine Chance.

Er zog sich hoch, drückte das Becken an die Wand, musste, um mit der rechten Hand an einen guten Griff rechts außen zu gelangen, seinen Körper in diese Richtung schieben, weshalb die Finger der linken Hand an der Streichholzschachtel stärker belastet wurden, eine Unmöglichkeit. Ein wenig musste er schwingen, war in der Bewegung für einen oder zwei Zentimeter ohne festen Halt an den Händen, berührte mit den Fingerkuppen der rechten den lebensrettenden Griff, rutschte ab – und schrie auf.

Ein anderer wäre abgestürzt, doch er hatte geistesgegenwärtig das linke Klötzchen in die Zange genommen, das linke Bein nach links außen gestellt, mit dem er nun gegen den Berg drückte, damit er sich rechts nicht von der Wand abzulösen begann, blieb mithilfe der Körperspannung dicht am Felsen, konnte beinahe mit den Zähnen nach dem Stein beißen, schlängelte den rechten Arm nach oben, drückte sich links vom Klötzchen ab, hielt es aber weiterhin fest, jetzt allerdings von der Seite, und fasste rechts nach dem guten Griff.

Er schrie, wütend, erlöst. Stellte die linke Fußspitze auf das Klötzchen, versenkte die Finger der linken in einer scharfen Spalte und wuchtete sich hoch.

23
Einsamer Sieger

André saß auf dem Gipfel, die Beine angezogen, und schaute vor sich zu Boden. Sein Atem ging noch heftig, auch das Herz wollte sich nicht wieder beruhigen. Die Schmerzen in Knie und Ellbogen, die er beim Klettern nicht wahrgenommen hatte, trieben den Puls zusätzlich hoch. Alle vier Finger der linken Hand bluteten, eine gleichmäßige, schnittartige Wunde ging über die Innenseite der kleinen Gelenke, gerissen von der scharfen Kante. André steckte die Hand in den Schnee, wie man glühendes Eisen in Wasser tauchte.

Der Gipfel besaß die Form einer Beere, von einem Plateau konnte man nicht sprechen, zu klein, vor allem zu abgerundet war die Fläche. Nichts konnte man hinstellen, ohne Angst haben zu müssen, dass es hinunterpurzelte. André besaß nichts, das er hätte hinstellen können.

Zuoberst auf dem Buckel, konnte er auf alles andere hinuntersehen. Nun war er am höchsten Punkt. Er hatte den Olymp bestiegen und sich auf ihn gesetzt, wie sich ein König auf seinen Thron setzte; wie ein Gott saß er da und schaute auf die Welt hinunter. Er sah weder andere Götter noch Menschen, nur Dunkelheit, während er sich im Halbdunkel befand, und über ihm wölbte sich der

Himmel in sanfter Helle, von der Sonne, die im Horizont verschwunden war, noch beschienen.

André musste schleunigst zurück, seinen Thron verlassen, in wenigen Minuten sähe er nichts mehr, dann wäre es zu spät. Ihm fehlte jede Kraft. Er benötigte eine längere Pause; eine Stunde, wenn nicht mehrere. Und selbst wenn er wieder bei vollen Kräften war – wie sollte er diese Route noch einmal meistern? Hinunter war schwieriger als herauf.

Wie eine Katze fühlte er sich, die zu hoch auf einen Baum geklettert war und um Hilfe schrie. In solchen Fällen kam die eilig herbestellte Feuerwehr und holte das arme Tier herunter. Für ihn gab es keine Feuerwehr.

Es gab die Rettungsflugwacht, die, wie er vermutete, nicht in der Nacht flog. Ohne Mobiltelefon konnte er sie so oder so nicht verständigen. Jetzt bereute er, dass er sein Handy nicht mitgenommen hatte; vielleicht hätte das Gerät hier oben Empfang gehabt.

Andererseits: Wollte er sich auf diese Weise helfen lassen? Von einem Helikopter gerettet und hinunter zu Louise gebracht werden, die ihn wie einen dummen Jungen ansähe?

Die Konsequenzen seines Handelns musste er selber tragen. Zum Glück hatte er kein technisches Gerät mitgenommen; er konnte nicht in Versuchung kommen. Er wollte den Weg hinunter selber schaffen, und wenn es nicht gelang, wollte er sterben. So bliebe er wenigstens mit sich im Reinen.

Inzwischen war es dunkler geworden. Noch sah André die Umrisse seines Hügels, erkannte Unebenheiten im Schnee, hätte Griffe gesehen, die sich direkt vor seinen Augen befanden, andere, weiter entfernte jedoch nicht mehr. Nach und nach wurde die Frage, ob er den Abstieg noch an diesem Abend wagen sollte, von der Zeit entschieden.

Er saß in der Falle. Wie sollte er die Nacht überleben, ohne Schlafsack, lediglich ausgestattet mit einer Jacke, und falls er sie überlebte, in welchem Zustand wäre er am Morgen?

In diesem Moment fiel ihm auf, dass es nicht kalt, sondern eigentlich zu warm war. Bliebe es so warm, schmolz der Schnee. Oder täuschte er sich? Ein plötzlicher Luftzug überraschte ihn, und einsetzende Böen brachten den Duft nach Regen.

Ein Gewitter war im Anzug, er sah es am Himmel, dessen eine Hälfte noch hell war – ein schwaches Blau, das in einen Sternenhimmel überging –, während die andere dunkel und massig herunterhing, voll schwerer Wolken.

Schon schoss ein Blitz ins Gebirge, zeigte für eine Zehntelsekunde furchtbare Konturen – und in dieser Bergwelt war er gefangen.

Er warf sich in den Schnee, wälzte sich darin, als wolle er sich auf diese Weise eingraben, verschwinden, auf dass der Blitz ihn nicht finde. War er der einzige Mensch auf der Welt, gesucht von dem Blitz? Er war der einzige, keiner war so weit gegangen wie er.

Der Donner krachte über ihm, als wollte er sämtliche Berggipfel zusammenschlagen, kaputtsprengen, dem Erdboden gleichmachen. Er grollte vom Himmel herunter, fuhr an den Gipfeln vorbei, raste durch die Täler, und schon leuchtete wieder diese fratzenhafte Unwelt auf, in der André nicht sterben wollte.

Er hielt das Gesicht in den Schnee, um nichts sehen zu müssen; er blickte zur Seite, die Wange im Schnee, als läge die Pranke eines kräftigen Kerls auf seinem Genick und drückte es zu Boden. Die Zacken der Blitze glichen den kantigen Bergkämmen, Rissen und schmalen Schluchten, in die man nicht fallen durfte.

Wie viele Sekunden vergingen zwischen Blitz und Donner? Bei den Pfadfindern hatte er gelernt: Waren es weniger als drei, lag das Gewitter unmittelbar über einem, drohte große Gefahr. Er wollte zählen, als könnte er sich der Zahlenreihe entlanghangeln, sich davonstehlen, sein Leben in Sicherheit bringen. Und er zählte, aber bald verlor er sich im Zählen. Schon dachte er wieder an sich, an Louise, ihre Trennung.

Inmitten von Blitz und Donner – ihm schien, dass gar eine schwarze Wolke sich auf den Gipfel gelegt hatte, feines Nass stand in der Luft – wurde ihm seine Einsamkeit bewusst. Plötzlich diese Einsamkeit! Noch vor vier Tagen war er ein Mensch unter Menschen gewesen; er kannte viele Leute in Berlin, besaß mehrere Freunde. Von ihnen allen hatte er sich entfernt, sogar von Louise, was ihn am meisten schmerzte. Wie schnell das ging! So plötzlich wie der Schmerz, wenn man sich schnitt – als wäre die Einsamkeit schon immer da gewesen und träte lediglich hinter einem Vorhang hervor wie das Blut, das durch einen Schnitt herausquoll. Dabei hatte er bloß den Alltag abstreifen, die Normalität, das Mittelmaß überwinden wollen, ein echtes Abenteuer bestehen.

Er hatte Louise seine Heimat, seine Kenntnis im Bergwandern zeigen, diese Unternehmung inklusive Kletterpartie abspulen wollen, als seien solche Abenteuer für ihn ein Klacks. Louises Achtung vor ihm sollte steigen, sie sollte in Berlin mit Stolz erzählen, was sie dank ihm erlebt hatte. Er wollte im Mittelpunkt stehen, nicht sein Leben, geschweige denn Louise hinter sich lassen. Nein, er war nicht in den Mittelpunkt gerückt, sondern ins Abseits geraten.

Beinahe fegte der Wind ihn den Berg hinunter, wie ein riesiger Besen, der sauber machte. Der Donner schlug über ihm zusammen, ließ Welt und Wille einstürzen, eine furchtbare Schimpferei, und zwischen all dem der tödliche Blitz, der wie eine Schlange zuckte.

Und niemand war da, der sich um ihn kümmerte, ihn fragte, wie es ihm ging. Gab es denn keinen Menschen mehr auf der Welt, der mit ihm verbunden war? Wenn er sterben würde, wer dachte an ihn, wer schrie, um ihn zurückzuholen?

Fiel Regen, Hagel oder Schnee? Fiel etwas oder fiel nichts? Befand er sich schon im Jenseits? Konnten die zahlreichen Blitze nicht bewirken, dass es Tag wurde?

Konnte dieser furchtbare Donner ihn nicht mit einem langen Grollen hinunterbringen, einer fliegenden Eisenbahn gleich? Blitz und Donner, sie waren seine Freunde; er bot beiden die Freundschaft an. Und dem Berggipfel auch, auf dem er bäuchlings lag. Der Berg war sein Bett, der Schnee seine Decke. Niemand tat ihm etwas, da von ihm keine Gefahr ausging; er war in Frieden in die Berge gekommen.

Die Gewalten beruhigten sich. Das Gewitter schien vorbeigezogen zu sein, hatte ihn bloß mahnend gestreift. Und er – er lebte. Lebte er noch? Er ging davon aus, denn Knie und Ellbogen schmerzten irdisch, und die zerschnittenen Finger ließen sich kaum bewegen. War es zu früh oder durfte er glauben, das Gewitter überstanden, sich erfolgreich vor dem Blitz versteckt zu haben? Hatte er diesen Überlebenskampf gewonnen? Nein, er hatte sich von dem Donner nicht verschrecken lassen, war nicht in Panik ausgebrochen, war souverän geblieben! Der Wille bahnte nicht nur Wege, er hielt auch den Verstand beisammen.

Er, André, war ungeschlagen, blieb ein ewiger Sieger, und auch Blitz und Donner, dieses harmonische Paar, ließen ihn in Ruhe. Wie konnte ein Meister so einsam sein? Ging man weiter als andere, war man allein. Weshalb hatte er das nicht früher bedacht? Der Deutsche in der Berghütte war ein netter Typ, einer, der mit allen gut konnte, ein harmloser Mensch – diese Tortur hätte er niemals mitgemacht. Und die Gruppe, die in der anderen Ecke gesessen und Wein, wenn auch nur wenig, getrunken hatte, in welche Richtung war sie am nächsten Tag weitergegangen? Vielleicht bestiegen die Leute diesen Gipfel, waren die Rettung! Aber nein, bestimmt waren sie in gemütlichen vier, fünf Stunden zu einer anderen Berghütte gewandert, wo sie abermals gut essen und einen Schluck Wein trinken konnten. Ihr Wunsch nach Erholung verhinderte, dass sie in diese Höhen gelangten.

Nur er, er lag auf seinem Olymp, zugedeckt von der Nacht. Ihm fiel ein, dass er nicht einschlafen durfte.

24
Warten auf das Morgengrauen

Nach dem Gewitter war die Temperatur gefallen, beinahe so schnell, wie man von einem Berg herunterfiel. Was hatte er noch vor Kurzem gedacht? Dass der Schnee schmolz? Unsinn. Was am Nachmittag wässrig geworden war, gefror nun zu Eis; die Temperatur lag tief unter dem Gefrierpunkt.

Zuerst hatte André, der bäuchlings im Schnee lag, vor Angst, dass doch noch ein Blitz herunterzucken könnte, sich unmerklich zur Seite gedreht und wie ein Hund zusammengerollt, damit sein Körper einen geschlossenen Kreis bildete, aus dem weniger Wärme entwich, als wenn er ausgestreckt liegenblieb. In dieser Embryostellung kam ihm nach einigen Minuten, als das Gewitter fortgezogen war, die Idee, sich ein kleines Iglu zu bauen, indem er sich halb in den Schnee eingrub, halb ein Dach baute.

Diese Höhle war, wenn auch kalt, nicht schlecht, bot sie doch Schutz vor der Nacht. Er zog die Ärmel über die Hände, drückte diese an die Brust, zog die Knie an, doch kaum lag er still, schlich die Kälte in ihn; die Zehen waren schon steif, die Ohren drohten abzufallen, der Rücken eine einzige kalte Fläche. Nein, so ging es nicht.

Ärgerlich war, dass er unter der Jacke noch immer das nass geschwitzte T-Shirt trug, er es vor dem Klettern nicht gegen ein trockenes getauscht hatte. Das hätte er machen sollen. Wenn er den Rucksack nicht mit hochnehmen konnte, wenigstens trockene, warme Kleider anziehen! An alles Mögliche hatte er gedacht, an das unnütze Taschenmesser, nur daran nicht – er ärgerte sich sehr! Das war unter seinem Niveau, unter seinem Können; beim T-Shirt hatte er versagt.

Nun war es so. Sich zu ärgern brachte nichts, kostete nur wertvolle Energie. Für seine Überlegungen musste er vom Ist-Zustand ausgehen, allein dieser zählte, aber Überlegungen anzustellen war nicht leicht, die Kälte machte ihn schlottrig. Er krümmte die steifen Zehen, zuerst jene am rechten Fuß, dann die am linken. Er befürchtete, sie könnten ihm abfrieren.

Vor allem durfte er nicht einschlafen. Wenn er einschliefe, erfröre er im Schlaf, ohne es zu merken. Gab es etwas Erniedrigenderes, Beschämenderes, als den eigenen Tod zu verschlafen?

Dies fühlte sich nicht an wie Folter. Erfrieren war eine angenehme Art zu sterben, genau wie Verhungern, weil das Hungergefühl verschwand. Grausam hingegen waren das Verdursten, weil die Zunge aufquoll und man Qualen litt, und das Verbrennen. Aber gerade deswegen, weil der Tod, der sich ihm anbot, kein grausamer, sondern ein verlockend angenehmer war, empfand er ihn als hinterhältig, als eine Folter der ausgeklügelt fiesen Art.

Folter. Eine spielerische Art der Folter kannte er von den Pfadfindern. Damals hatten die Leiter den Kindern, wenn sie nicht gehorchten, damit gedroht, sie zu pflöcken. Beim Pflöcken wurden vier Holzpflöcke in die Wiese eingeschlagen, sodass sie ein Viereck bildeten, und derjenige, der gepflöckt wurde, musste sich auf den Rücken dazwischen legen, Arme und Beine zu den Pflöcken gestreckt, an denen sie mit Seilen festgebunden wurden.

Es wurde nicht wirklich als Bestrafung gepflöckt, höchstens halb im Spaß. Die Kinder ließen sich freiwillig pflöcken und wurden wieder losgebunden, wenn ihnen das Liegen an der prallen Sonne zu viel wurde. Für die besonders Hartgesottenen, die ihren eisernen Willen zusätzlich härten wollten, fanden sich Zugaben: mit Grashalmen wurden die nackten Füße gekitzelt; eine Horde Kinder stürzte sich auf den Gepflöckten und somit Wehrlosen und kitzelte ihn am Bauch, an den Beinen eine Handbreit über dem Knie, überall, wo er empfindlich war; dem Gepflöckten wurden die Augen verbunden und im Abstand von einigen Sekunden aus Brusthöhe Wassertropfen auf die Stirn fallen gelassen. Am schlimmsten war, wenn an einem Hitzetag eine schwere, dunkelgrüne Militärblache über den Gepflöckten gelegt wurde; unter ihr stieg die Temperatur rasch an, das Atmen ging nicht mehr gut, ein Gefühl der Beengung, des Erstickens trat ein.

Der Ehrgeiz der Hartgesottenen war, sich selbst zu befreien. Ein Trick bestand darin, für Ablenkung zu sorgen, wenn man festgebunden wurde, und durch Bewegungen zu verhindern, dass der Strick an den Handgelenken gut angezogen wurde; danach konnte man versuchen, mit der Hand herauszuschlüpfen. Manchmal gelang es, aber selbst wenn es gelang, war der Gepflöckte oft kurz vor dem Weinen, zerrieben von falschem Ehrgeiz und der Angst, nicht mehr loszukommen.

Geweint wurde oft. Bei weniger harten Buben, die nur kurz gepflöckt werden sollten, kam es vor, dass man sie einen Moment zu lange gefesselt ließ, sodass sie doch zu weinen anfingen, obwohl das gar nicht beabsichtigt gewesen war, sollten sie doch nur auf eine halbernste Art in die Schranken gewiesen werden.

Einmal lag er unter der Militärblache, an Beinen und Händen so gut festgebunden, dass es kein Entschlüpfen gab, hatte er sich doch freiwillig pflöcken lassen und dem Leiter sogar gesagt, er solle ihn gut festbinden, so lange wie er halte es niemand unter der Blache aus.

Der Schweiß rann ihm die Wangen herunter, der raue Stoff der Blache kratzte an Stirn und Nasenspitze, wenn er den Kopf von der einen zur anderen Seite drehte und nach frischer Luft suchte. Seit Minuten zog er mit Beinen und Armen an den Stricken, versuchte, die Pflöcke zu lockern, aus der Erde zu ziehen. Er wusste, dass es zu schaffen und nur eine Frage der Zeit war. Er blieb ruhig, verfiel nicht in Panik, sondern zog und zog, versuchte geduldig, sie zu lockern, die Löcher in der harten, ausgetrockneten Sommerwiese zu weiten. Doch die dicken

Pflöcke, tief mit dem großen Hammer in die Wiese geschlagen, steckten fest, nur jener beim linken Fuß bekam allmählich einen minimalen Spielraum, noch lange nicht genug, um locker oder gar herausgezogen werden zu können. Aber er gab nicht auf, sagte das auch zu dem Leiter, der neben ihm stand, er wolle nicht aufgeben, er werde es schaffen – dann spürte er, sehr zu seinem Ärger!, dass die Stricke losgebunden und er befreit wurde. Wütend war er davongestampft, hatte den Leiter, der versöhnlich lachte, noch böse angesehen und vor sich hin gemurmelt, dass er es auch allein geschafft hätte.

Ähnlich kam er sich jetzt vor. Nicht die lange, eisige Nacht an sich war die furchtbare Folter, sondern die Verlockung des süßen, befreienden Erfrierungstodes im Schlaf. Diese Erbärmlichkeit! Diese Erniedrigung, wenn der Tod wohlwollend die Stricke löste, ihn von dem Überlebenskampf befreite und mitnahm in die selige Ewigkeit.

Nein, diesmal nicht! Auf keinen Fall! Er wollte keine Erlösung, er wollte durch die Folter und überleben. Er durfte nicht einschlafen, gegenüber der einschläfernden Kälte nicht nachgeben. War er schon eingeschlafen? Gehörten diese Überlegungen zu einem Traum, der die Realität nachahmte?

Er dachte an Louise. Sie musste ihm helfen, jetzt. Er begann, mit ihr zu sprechen, zuerst in Gedanken, dann laut. Sprach er laut im Traum? Träumte er, dass die Kälte seine Glieder lähmte, einschläferte? Wütend sprang er auf, sprengte sein kleines Iglu. Er hüpfte, bewegte sich, machte einige Turnübungen.

Jetzt war er aber wach! Er war eingeschlafen gewesen, kurz nur – oder doch lange? Er wusste es nicht. Die Hitze unter der Militärblache, war dies die Wärme gewesen, mit der Erfrierende ins Jenseits gelockt wurden? War er bereits halb ins Jenseits geglitten? Vielleicht. Vielleicht war er kurz davor, vielleicht drüben schon fast angekommen. Vielleicht war er schon tot? Vielleicht ... Nein, er lebte. Aber lebte er auch in einer Minute noch?, in dreißig Sekunden?, in fünf Minuten? Wann holte der Tod ihn? Wann machte er einen Fehler und starb? Wann vergaß er, dass er nicht einschlafen durfte, und starb? Wann starb er, oder überlebte er?

André lief davon. Abhauen wollte er, sich davonmachen. Aber da er Angst hatte, in der Dunkelheit vom Berg hinunterzustürzen, lief er in einem kleinen Kreis, immerfort, den Tod im Nacken.

Und dann, bei diesen panischen Bewegungen, die ihn aufzuwärmen begannen, erinnerte er sich an etwas. Vor langer Zeit, noch bei den Pfadfindern, hatte er von einem Fall gelesen, einem Mann, der an einem Abend im Hochsommer aus Versehen in ein Kühllager eingeschlossen worden war. Die Temperatur lag bei minus zwanzig Grad oder noch tiefer, und der Mann war nur leicht bekleidet gewesen. Er war auf die Idee gekommen, sich warmzuhalten, indem er Kisten schleppte, von denen im Lager massenweise herumstanden. Er trug Kiste um

Kiste und baute mit ihnen eine Pyramide, die er, kaum stand sie, wieder ab- und an anderer Stelle abermals aufbaute. Er arbeitete die ganze Nacht, denn solange er die schweren Kisten trug, fror er nicht. Am nächsten Morgen, als die Arbeiter das Kühllager aufschlossen, fanden sie ihn, eine Kiste schleppend. Der Mann war mit seinen Kräften am Ende, aber er hatte überlebt.

Das war die Lösung. Er musste in Bewegung bleiben! Damit er beim Hin-und-her-Gehen nicht abstürzte, beschloss André, als Erstes eine Mauer zu bauen. Vorsichtig ertastete er, wo das Gefälle des Hügels zunahm, schichtete dort Schnee auf, ein niedriges Mäuerchen, gegen das er mit dem Fuß stieße, bevor er hinunterfiele. Dann scharrte er weiter Schnee vom Boden zusammen, umfing ihn mit beiden Armen, schaffte ihn vom einen Ende des Gipfels zum anderen, baute einen Hügel, baute ihn ab, baute ihn am anderen Ende des Gipfels wieder auf, gedachte dies zu tun, bis endlich das Morgengrauen käme.

25

Louise in Gefahr

Mehrere Male versprach der Morgen zu kommen, schien der Himmel im Osten erhellt. Doch das Hellwerden zog sich hin. In immer kürzeren Abständen dachte André, der Morgen komme, aber er kam noch nicht.

Während er Schnee hin und her trug, verglich er das Warten auf den Morgen mit dem Warten auf den Frühling. Bereits im Januar, im Februar deuteten die Sonne und einzelne warme Tage auf das Ende der dunklen Eiszeit hin, man freute sich, konnte den Anstieg der Temperatur kaum erwarten; doch dann ein Rückfall, Schnee, das Thermometer sank tief unter den Gefrierpunkt und mit ihm auch die Stimmung; längst war März, ein schlechter März, verschneit und verregnet, dann vereist, und es kam der April, wärmer zwar, dafür mehr Regen, dann noch einmal Schnee …

So ging es weiter, ein kalter, regnerischer Juni, ein Juli, der kein Sommer war, und vielleicht blieb dieses Jahr der Sommer ganz aus? André hielt inne; er machte sich Sorgen um seine schmerzenden Zehen, vor allem um jenen mit der Blase, den er nicht mehr spürte. Seit wie vielen Stunden hatte er das Gefühl, in zu kleinen Schuhen zu gehen? Er setzte sich hin und zog den einen Wanderschuh aus, die beiden Socken – wollte er die Wahrheit wirklich sehen? Undeutlich, beschienen vom Sternenhimmel? Dunkle Flecken, Blasen; weich fühlten die Zehen sich an, und sie taten weh. Nur der kleine mit der Blase, der war hart und ohne Gefühl.

André zog den Schuh wieder an, verzichtete darauf, sich den anderen Fuß anzusehen. Gesehen hatte er genug. Ein Grausen stieg in ihm hoch, den Hals hinauf bis zur Zunge. Er wollte nicht wissen, ob er einen oder mehrere Zehen verlöre. Er kämpfte nicht um seine Zehen; er kämpfte um sein Leben.

Und dann, nachdem er noch einmal eine halbe oder eine ganze Stunde Schnee hin und her getragen hatte, kam der Morgen. Jetzt war er gekommen, endgültig, und würde sich nicht wieder als Einbildung erweisen. Nicht nur der Himmel war erhellt, nein, die Sonne stand da über unbekannten Gipfeln. Die Sonne, unverfänglich, der Beweis für den neuen Tag.

Er hatte sie zuerst nicht bemerkt, zu sehr war er damit beschäftigt gewesen, Schnee zu tragen. Längst waren die Ladungen kleiner geworden, manchmal die Gedanken an den Morgen, den Abstieg, an Rettung verschwunden. Er begnügte sich mit seiner Hubstaplertätigkeit, führte sie weiter aus, obwohl die Sonne schon wärmte, als hätte er vergessen, weshalb er mit dieser Tätigkeit begonnen hatte, zu was sie nutze war. Wie ein Tier, das mit Belohnung auf ein Verhalten konditioniert worden war und schließlich das Verhalten endlos wiederholte, obwohl es längst keine Belohnung mehr dafür gab, schleppte er weiter Schnee. Solange er Schnee trug, geschah ihm nichts, musste er sich nicht überlegen, wie es weiterginge, wie er von dem Berg herunterkäme, wie er den Überlebenskampf gewinnen konnte.

Der Morgen war da, und er machte weiter. Er hätte nichts dagegen gehabt, wenn noch Nacht gewesen wäre. Obwohl er spürte, dass seine Kräfte nachgelassen hatten und in Kürze noch mehr schwinden würden, begnügte er sich damit, die Ladungen zu verkleinern. Dass er kein Abendessen gehabt, seit Längerem nichts Richtiges mehr gegessen hatte, kümmerte ihn nicht. Die eingesteckten Getreideriegel hatte er noch am Abend verspeist.

Er war nicht hungrig. Er merkte, dass er zittrig, dass ihm leicht schwindlig war – nein, von Schwindel konnte man nicht sprechen, eher von Schwäche. Er fühlte sich schwach auf den Beinen. Aber noch hatte er Kraft genug, ein wenig Schnee hin und her zu tragen. Ab und an aß er von dem Schnee. Vielleicht konnte er den Berg, auf dem er festsaß, aufessen und so zurück ins Tal gelangen? Wegen dieses albernen Gedankens musste er weder lachen noch weinen; er hielt ihn für nicht völlig abwegig. Wohl war es nicht möglich, den ganzen Berg aufzuessen, aber zweifelsfrei käme er ein Stück weit hinunter. Im Grunde musste er nur die Kletterpartie schaffen. Lag dort unten nicht sein Rucksack? Mit Wasser, Fleischbrühe, Teigwaren, dem Gaskocher?

Der Gedanke an Essen warf ihn beinahe um. Diese

Dinge, diese Spuren von Zivilisation, waren wie ein Teil eines anderen Lebens. Hier oben befand er sich getrennt von ihnen, durch die Kletterstrecke getrennt, und diese Grenze respektierte er. Vielleicht konnte er den Schnee, den er hin und her trug, hinunterwerfen? Möglicherweise entstand so eine Art Rutschbahn, auf der er hinuntersausen konnte?

Eine Rutschbahn, wie in der Kindheit. Er hatte Verlangen nach einer Rutschbahn, die in Sand oder Kies, mitten auf einen Spielplatz führte. Ein Kindergeburtstag. Sorgte sich denn niemand um ihn? Hatte Louise nicht Hilfe gerufen? Wann kam die Rettungsflugwacht?

Aber er wusste, dass sie nicht kam. Vielleicht klarte jetzt, mit zunehmendem Sonnenlicht, sein Verstand wieder auf. Hatte er nicht geplant gehabt, am heutigen Tag früh loszugehen, um die Strecke, die vielen Höhenmeter, die gefährlichen Stellen bis zum Abend überwinden zu können? War es schon zu spät? Hatte er, vor lauter Warten auf den Morgen, den Morgen verpasst?

Zweifelsfrei musste er hinunter, wenigstens die Kletterwand. Er musste zum Rucksack gelangen. Dies war ihm nun in seiner ganzen Bedeutung klar. Aber er konnte doch nicht hinunter. Er getraute sich nicht, fürchtete sich. Dachte er an die bereits zurückgelegte Route, die er nur mit größter Mühe geschafft hatte, trieb ihm das einen kalten Schauer über den Rücken. Sie war ihm nicht geheuer. Er wollte sie nicht wieder klettern. Keinen ihrer Griffe noch einmal berühren. Am liebsten vergessen, sich anderem zuwenden. Die Angst abzustürzen, das Leben zu verlieren – diese Angst wollte er nicht mehr haben müssen. Nein, er wollte die Angst nicht mehr. Lieber blieb er hier oben.

Er wusste, dass das nicht ging. Oben bleiben konnte er nicht; hinunter konnte er auch nicht. Er weinte ein wenig. Zuerst zögerlich, dann ungehalten, schließlich sah ihn niemand. Und selbst wenn Leute ihn sähen, durch ein Guckloch Louise und die gesamte Menschheit ihn sähe, die Götter auf dem Olymp, die sich über ihn amüsierten – dann war es eben so. Sollte die ganze Welt ihn auslachen, wenn man ihm nur keine Schmerzen zufügte, ihn in Ruhe ließ. Er wollte nicht klettern. Er wollte nicht abstürzen. Lieber hier oben friedlich einschlafen, irgendwann.

Oder der Deutsche konnte kommen und ihn retten. Jetzt würde er sich von ihm retten lassen, sogar von ihm!, gerne von ihm!, danach würde er ihn auf ein Bier einladen. Im Grunde war der Deutsche ein netter Kerl, für seine Herkunft konnte er nichts. Man wurde irgendwo geboren, in Frankreich, Afrika oder Indien, und wo man starb, war ebenso Zufall. Auf einem Berg zu sterben war so schlecht nicht.

Aber einsam, schrecklich einsam. Er wollte nicht einsam sterben, wollte nicht im Gebirge verloren gehen wie ein Papiertaschentuch, ein ausgespuckter Kaugummi.

Er hielt inne, den Schnee in den Armen ließ er fallen. Er sah Louise wandern, talwärts.

Sie ging durch einen Wald, befand sich unterhalb der Baumgrenze. Auch sie hatte geweint, vielleicht, weil sie wieder an ihn hatte denken müssen, und sie sah müde aus. Die Bäume warfen, da, wo nur wenige standen, lange Schatten; die Sonne schien schräg, es musste Abend sein.

Als suche sie etwas, so ging Louise. Und als sie vor einer Lichtung stand, schien sie erfreut zu sein. Die mit Gras bewachsene Fläche lag unterhalb des Weges, rings um die Lichtung erhob sich der Wald und mit ihm der Berg. Die Wiese schien geeignet, um das Zelt aufzuspannen, das Zelt, das Louise mitgenommen hatte, und wären sie hier zu zweit gewesen – wie romantisch!

Durchzogen war die Wiese von mehreren einen halben, ganzen, zwei Meter breiten Gräben; Louise sprang leicht über sie hinweg oder durchschritt sie, ging mehrere Minuten weiter, bis sie die Mitte der Lichtung erreichte. Hier setzte sie den Rucksack ab, zog das Zelt heraus und begann mit dem Aufbau. Sie fädelte die Zeltstangen richtig in die Taschen des Tuches ein, sorgfältig, bedacht. Schon stand das Zelt. Jetzt griff sie in den Rucksack – nahm sie den Gaskocher heraus? Eine Packung Papiertaschentücher.

Sie sah sich um, ging in eine Richtung davon, schritt über die Wiese zum Wald. Sie verschwand hinter einem Baum. Kurze Zeit später stand sie wieder am Waldrand und schaute auf die Wiese wie auf einen See, als stünde sie auf der Mecklenburgischen Seenplatte! Dachte sie an ihn?

Gemütlich ging sie über die Wiese zurück, hüpfte über

den ersten Graben, blieb stehen, drehte sich um und sah in den Graben hinein. Wasser. Nicht viel. Woher mochte es kommen? Louise ging weiter in Richtung Zelt, übersprang einen der großen Gräben, auch in ihm Wasser.

Am Übernachtungsplatz angekommen, nahm sie den Gaskocher aus dem Rucksack und positionierte ihn zwei Meter vor dem Eingang des Zeltes. Die Hand im Nacken, überlegte sie wohl, was sie kochen sollte, dann wurde sie aufmerksam. Hörte sie etwas? Ein Rauschen?

Verwundert, verunsichert – André sah es an ihrer Körperhaltung – ging sie zu einem der Gräben, jenem, der am nächsten beim Zelt lag, und erschrak. Reißendes Wasser! Sie lief zu einem großen Graben. Reißendes Wasser! Überall reißendes Wasser!

Erstaunlich ruhig ging sie zum Zelt zurück. Sie hatte nicht begriffen! Sie schien noch einmal nachzudenken, vielleicht: War es denn möglich? Ging wieder zu einem der Gräben. Das Wasser jetzt höher, und noch höher stieg es!

Louise sah sich um, voller Angst. Konnte es sein, dass die Schleuse eines Stausees geöffnet und Wasser abgelassen wurde? War es möglich, dass aus dieser Lichtung für einige Stunden ein See wurde?

Nun rannte Louise. Sie rannte zum Zelt, brach es ab, verstaute es im Rucksack, warf auch den Gaskocher hinein. War noch Zeit? Kam sie noch über die Gräben? Sie sprang. Sie lief. Etwas fiel aus dem nur halb geschlossenen Rucksack, ihr Buch oder die Wanderkarte. Das Wasser trat bereits über die Ufer. Louise erschrak, ließ das Buch liegen, flüchtete über die Lichtung. Da – ein großer Graben, jetzt ein reißender Bach! Und Louise ging den kürzesten Weg, den vermeintlich schnellsten, knickte ein, stürzte und schlug mit dem Kopf gegen einen Stein. Ihr Körper wie Treibgut; noch wurde er nicht weggetragen.

André sprang auf. Lief wieder im Kreis, wie am Abend zuvor, als er dem Tod davonlaufen wollte. War dies bereits geschehen, gestern Abend, oder geschah es erst heute? Aber gestern hatte Louise die Baumgrenze noch nicht erreicht. Oder doch?

Hatte sie nicht gesagt, dass sie es gemütlich angehen, nur drei, vier Stunden wandern wolle? André war sich nicht sicher. Hatte sie es nicht vor dem Kamin im Ärger vor sich hin gesagt, weil sie diese Tortur nicht länger mitmachen wollte? Oder glaubte er sich an etwas zu erinnern, was nicht gewesen war?

Es spielte keine Rolle. Dies war ein Hilferuf. Louise rief nach ihm! Er hatte sie noch nicht verloren, nein, sie war nicht von ihm weggegangen, hatte ihn nicht verlassen. Sie mussten sich gegenseitig helfen: Sie half ihm, indem sie ihn herunterrief; er rettete sie. Er würde sie just in dem Moment einholen, wenn sie mitten auf der Lichtung das Zelt aufzuspannen begänne.

»Lou, Liebste«, würde er sagen, »lass uns lieber im Wald schlafen.«

26
Aufbruch

Die Sonne strahlte in völliger Ruhe, als gingen Andrés Probleme sie nichts an. Dass er Louise gesehen hatte, beschäftigte ihn. Befand sie sich in großer Gefahr, oder war alles nur ein Irrtum?

Er musste hinunter, hinunter zu Louise und sie retten. Und falls er sie nicht bei der Lichtung fand, sondern weiter unten beim See mit dem Restaurant, hätten sie sich immerhin etwas zu erzählen.

Ja, dann hätte er seiner Lou etwas zu erzählen. Hatte er jetzt zu seiner alten Besonnenheit zurückgefunden? Zu seiner Selbstsicherheit? Seiner Stärke? Er wünschte es sich sehr. Durfte man nicht Wünsche haben und hoffen, dass sie in Erfüllung gingen? Wie früher als Kind an Weihnachten?

André stand auf seinem Berg und blickte zur Sonne, diesem Rettungspunkt, der unerreichbar war. Er hatte Kopfschmerzen, wusste nicht, weshalb. Wegen Schlafmangels oder wegen der Höhe, die ihm nicht bekam?

Er wusste: Wie er da stand, erinnerte seine Körperhaltung an jene eines alten, ausgezehrten Männleins, vielleicht eines schwächlichen Bäuerchens hier in der Region, aber auch an jene eines sitzenden, hechelnden Hundes, der einen treuherzig anschaute und nicht wusste, was man von ihm wollte.

Hinunterklettern musste er. Aber davor ängstigte er sich. Lieber blieb er noch ein wenig auf dem Berg. Er musste den richtigen Zeitpunkt abwarten, seine Kräfte sammeln. Seine Kräfte? Hatte er noch welche?

Mit einem Blick – er wusste es –, dem nicht recht zu trauen war, der jeder Frage auswich, schaute er zur Sonne. Sie besaß einen unendlichen Vorrat an Energie, und indem sie ihn anstrahlte, spendete sie ihm welche. Wie einer Pflanze. Er hoffte, dass er so wieder zu Kräften käme, vielleicht sogar ein wenig wüchse wie Gras oder ein Baum. Er fühlte sich wie eine jener Zwergtannen, die sie beim Aufstieg gesehen hatten, diese deformierten Krüppeltännchen, die dem jahrzehntelangen Überlebenskampf trotzten und doch irgendwann eingingen.

Endlich raffte er sich auf. Er hatte keine Zeit mehr zu verlieren, wenn er Louise retten wollte. Er holte tief Atem, trat vorsichtig mit seinen stumpfen Füßen zur Kletterwand, wagte einen Blick hinunter – unmöglich! Er wich zurück.

Es ging einfach nicht. In der Kletterhalle hätte er nun »Zu!« gerufen, damit Louise das Seil mit beiden Händen festhielt, und dann »Ab!«, und schon hätte er sich dem Boden genähert, sicher wie eine Fracht, die an einem Seil zu Boden gelassen wurde.

Alles spielte sich im Kopf ab, war eine Frage der mentalen Stärke. André wusste das. Er dachte an den österreichischen Extremkletterer, der in jungen Jahren stets ohne Seil geklettert war, eine Art Seilziehen mit dem Tod praktiziert hatte und stets als Sieger hervorgegangen war.

Hatte der junge Österreicher jemals Angst gehabt? Wie war er mit ihr umgegangen, wie hatte er sie bezwungen? War ihm manchmal unheimlich geworden, war er ins Zweifeln gekommen, ob er eine Route schaffte oder in den Tod stürzte? Kletterte er eine solche Route ein zweites Mal?

André dachte nach, aber er fand nicht heraus, wie der Österreicher entschieden hätte. Sein Kopf schmerzte zu sehr. Aber da er beim Aufstieg beinahe abgestürzt und gestorben wäre, diese Route ihm einen Höllenschreck eingejagt hatte, war die Entscheidung, sie nicht noch einmal zu klettern, klug. Er musste auf anderem Weg von dem Gipfel herunterkommen. Vielleicht hätte ihm auch der österreichische Extremkletterer dazu geraten.

Die Beständigkeit der Sonne, die seit Millionen von Jahren in völliger Ruhe und Gelassenheit schien, beeindruckte André. Konnte er nicht werden wie sie? Ein ganz klein wenig? Diese stille Kraft, diese totale Zuverlässigkeit, die der Österreicher besaß, übernehmen? Wenn er ebenso einwandfrei wie die Sonne arbeitete, funktionierte, ohne Fehler, Schäden, Unterbrechungen – dann käme er vom Berg herunter.

Doch er war nur ein Mensch, und er war nicht der junge Österreicher. Er dachte an seine Freundin, seine Liebste, schrie nach Louise. Seine Lou! Der Ruf, der erstaunlich kräftig war, weder ein Fiepen noch ein Krächzen, verhallte halb in der Luft, halb im Gebirge. Ja, er wollte wieder bei Louise, unter Menschen, unter vielen Menschen sein und nicht mehr allein auf dem Berg. Und selbst wenn er der erste Mensch wäre, der diesen Berg bestiegen hätte – er wollte diesen Sieg nicht mehr. Er gäbe ihn zurück und mit ihm sämtliche Medaillen und Trophäen, auch ein allfälliges Preisgeld, wenn er nur wieder unten bei den Menschen, einer von vielen sein konnte.

Allem voran aber wollte er zu seiner Lou. Er brauchte nur hinuntersteigen, den zweifelhaften Olymp verlassen. Doch selbst wenn ihm dies gelänge – wer wäre er, unten angekommen? Wäre er noch derselbe André, der vor einigen Tagen aufgebrochen war, wäre er noch ein geselliger Kerl, ein Mann mit Frau, einer, der mutig Abenteuer in der Natur suchte? Wäre er denn noch ein Mensch?

War vielleicht der Abstieg nur noch physisch möglich, bliebe seine Seele, auf die eine oder andere Weise, für immer auf dem Berg? Wäre dieser Schrecken, die Todesangst jemals zu therapieren?

Noch einmal trat er von oben an die Kletterwand heran, und noch einmal wurde ihm bewusst, dass er denselben Weg auf keinen Fall zurückgehen konnte. Vorwärts musste er gehen – für ihn hatte es stets nur ein Vorwärtskommen gegeben. Er trat dicht an die Ränder des Gipfels heran, robbte auf dem Bauch so weit hinaus wie möglich und schaute hinunter, auf der Suche nach einem Abstieg.

Er musste sein Glück erzwingen. Er musste zu Louise, vorwärts zurück in das Leben. Er musste Louise retten und sich selbst. Eine neue Abstiegsroute musste er finden, die ihn zurück in sein altes Leben brachte.

Da öffnete sich ein Spalt, und André brach ihn sogleich ganz auf, die Augen starr auf die mögliche Route gerichtet. Sie befand sich neben der Kletterwand, auf der anderen Seite des Gipfels, war nicht überhängend, nicht einmal senkrecht, aber – wie weit hinunter sie führte! Nicht neun Meter wie die Kletterwand, sondern hundert Meter? Zweihundert? Bis in das Tal hinunter, zu Louise, in die Zivilisation?

Ein grauenhafter Abgrund war das. An keiner Stelle senkrecht, aber zu steil, um Halt zu finden, wenn man fiele oder ins Rutschen käme. Hier galt es, neun Meter hinunterzuklettern, dann, auf gleicher Höhe bleibend, weiter nach links, hinüber zum Beginn der Kletterwand, wo der Rucksack lag.

Technisch musste das machbar sein, kräftemäßig – irgendwie würde er es schaffen. Aber dieser Abgrund! Die Vorstellung, da hinunterzugleiten, zu verschwinden in diesem Schlund aus Schnee und Eis, tot oder schwer verletzt irgendwo liegen zu bleiben und später im Sommer, wenn der Schnee geschmolzen war, eine stinkende Leiche zu sein auf kantigem Schutt, von der Sonne ausgedörrt.

Diese Gedanken galt es zu vertreiben. Durch die Vorstellung zu ersetzen, dass er in der Kletterhalle beim Bouldern war, an einer Wand, die nur drei Meter hoch war und unter der eine dicke, weiche Matte lag, sodass er bedenkenlos ohne Seil klettern konnte.

André glitt über die Kante. Auf dem Bauch, die Füße voran, die mit den Spitzen, den toten Zehen blind nach Grund tasteten, die halb erfrorenen Finger in den Schnee gekrallt. Hier lag, anders als bei der senkrechten, teilweise überhängenden Kletterwand, Schnee, wenn auch nicht viel, da Südseite. Wenn er den Kopf so halten konnte, dass ein Blick nach unten möglich war, glaubte er Steine zu sehen, bedeckt von einer dünnen Schicht Schnee; er wusste nicht, ob sie hielten oder lose in kleinen Mulden lagen. Jeden Stein musste er testen, indem er einen Fuß auf ihn setzte, langsam mehr und mehr Gewicht daraufgab, bis er ihm sein Leben anvertraute. Er hielt mit der Vorderseite des Körpers den Kontakt mit der Wand; die Reibung bot zusätzlichen Halt. Er rutschte mehr, als dass er kletterte, wie ein verängstigtes Kind.

Auf diese Weise gelangte er gut drei Meter hinunter, machte alles richtig, indem er stets mit der Wand verschmolzen blieb, wie die Eidechsen, von denen er Louise erzählt hatte. Doch jetzt – was löste sich? Die Hand? Ein Stück Schnee? Die ganze Wand?

Er rutschte, kam weiter ins Rutschen. Geistesgegenwärtig fuhr er Arme und Beine auseinander, sodass sie ein weites Kreuz bildeten für maximalen Halt – nichts, nichts nützte das! Aber schon spürte die linke Hand, die weiter unten lag, etwas Festes, eine Eisscholle vielleicht, doch dieser unmittelbare Halt bewirkte, dass der rechte

Arm plötzlich durch die Luft schwang und drohte, den in Schräglage geratenen Körper mitzureißen, den ganzen Körper weg von der Wand, schlundwärts auf den Rücken zu drehen. Der linke Arm hielt von unten dagegen, fest, bis ein Schmerz den bereits lädierten Ellbogen durchfuhr, der nach innen gedreht wurde und nachgab.

Wo waren die Beine, die Füße? Gerade jetzt, als der rechte Fuß auf Grund kam, ein unheimlicher Stich im Knie, das sich sofort beugte, niedersank und in Schmerzen aufging.

Und André fiel. Flog rückwärts durch die Luft, Meter für Meter, Sekunde um Sekunde, so viel Zeit verstrich, und endlich schlug er auf. Der Oberschenkel schmetterte auf Eis und wurde zu Eis. Der Rücken schlug auf Schnee und wurde zu Schnee. Wie ein Papierschiffchen, das einen Wildbach hinuntersauste, drehte er sich, kenterte; er wurde unter Schnee gedrückt. Alles begann, langsamer zu werden. André dachte, dass er aufstehen und weitergehen müsse, wie beim letzten Sturz. Dann sah er Gämsen, zwei Gämsen, die an einem See standen, irgendwo auf Louises Seenplatte. Majestätisch senkten sie die Köpfe zum Wasser, und sie tranken.

Herzlicher Dank gilt:
Diana Feuerbach, Christina Maria Landerl und
Patrick Maisano.

Jenny Erpenbeck

Aller Tage Abend

Roman

288 Seiten, btb 74764

Wie lang wird das Leben des Kindes sein, das gerade geboren wird? Wer sind wir, wenn uns die Stunde schlägt?

Jenny Erpenbeck nimmt uns mit auf ihrer Reise durch die vielen Leben, die in einem Leben enthalten sein können. Von einer galizischen Kleinstadt um 1900 spannt sie dabei den Bogen über Wien und das stalinistische Moskau bis ins Berlin der Gegenwart. Meisterhaft und lebendig erzählt Erpenbeck, wie sich, was wir Schicksal nennen, als unfassbares Zusammenspiel von Kultur- und Zeitgeschichte, von familiären und persönlichen Verstrickungen erweist.

»Eine der kraftvollsten Stimmen der deutschsprachigen Gegenwartsliteratur«

Stefana Sabin, NZZ am Sonntag

»Großartig!«

Welt am Sonntag